Katja Eichinger

Amerikanisches Solo

Katja Eichinger

Amerikanisches Solo

Roman

Für Andrew Birkin

01

Sternenloser Himmel über dem Sunset Boulevard. Harry war in seinem alten schwarzen Mercedes unterwegs. Die Neonreklamen verschwammen mit den grellen Lichtern des Verkehrs. Im letzten Moment wich er einem Mädchen im Minirock aus, das betrunken auf die Straße gestürzt war. Eigentlich hätte er angehalten, aber es war spät und er hatte Hunger. Als er im Rückspiegel sah, dass Freunde ihm aufhalfen, fuhr er weiter. In dieser Gegend gab es zahllose Streifenwagen. Das Mädchen war sicher.

Auf der Höhe des Doheny Drive erstreckte sich der bernsteinfarbene Schimmer der Stadt unter ihm. Als würde ein Juwelenteppich über dem Tal von Beverly Hills liegen. Eine perfekte Nacht. An diesem Abend hatte Harry seinem Set den letzten Schliff gegeben. Das Timing der Stücke und seiner kurzen Monologe war genau richtig gewesen. Das Publikum hatte im Gleichtakt mit ihm geatmet, ihre Rhythmen waren miteinander verschmolzen wie die zweier Liebender.

Nicht ganz. Den Rhythmus hatte Harry vorgegeben. Er hatte mit seinem Saxophon aus der amorphen Masse des Publikums ein pulsierendes Geschöpf geformt. Ein Geschöpf, das ihn begehrte und nach ihm schrie, aber Harry überhörte diese Rufe. Auf eine solche Beziehung legte er keinen Wert. Sein Saxophon war keine Peitsche. Das Publikum und er waren gleichberechtigt. Auf Augenhöhe. Das war jedenfalls die Idee. Die Realität sah anders aus. Nach über dreißig Jahren auf der Bühne fühlte er sich einem College-Schüler, der gerade seine erste Jazz-Platte erworben hatte – meist eins von Harrys Alben –, unweigerlich überlegen. Andererseits rief Harry sich täglich in Erinnerung, dass auch achtzehnjährige Fans eine Gefahr darstellten. Bei jedem Auftritt drohte ihm die totale Vernichtung. Deshalb fühlte er nach einem gelungenen Gig nicht so sehr Stolz oder Befriedigung, sondern vor allem Erleichterung. Er hatte die Apokalypse noch einmal abwenden können. »Scheiße, Mann ... Gott sei Dank«, stieß Harry hervor und lächelte.

Ob er im *Bristol Farm* noch etwas Sushi bekommen würde? Wahrscheinlich schon geschlossen. Für einen Hotdog müsste er den ganzen weiten Weg bis *Pink's* auf der Lea Bra fahren, und um diese Uhrzeit bedeutete das, womöglich mit irgendeinem zugekoksten Filmagenten anzustehen, der ihn mit den Ergüssen seines aufgeblähten Egos zumüllen würde. Da war es besser, bei *Mamasita's* auf einen Burrito zu halten.

Als er in den Londonderry Place abbog und hinter einem glänzenden Feuerwehrauto parkte – Alter, diese Feuerwehrmänner und ihre Burritos, was war das nur? –, erinnerte er sich noch einmal an den Höhepunkt des Abends. Jenen Augenblick, in dem das Publikum eins mit ihm geworden war. Die Intimität dieser Momente hatte für ihn immer etwas Unhygienisches. Oft ließ Harry es gar nicht so weit kommen. Aber an diesem Abend, nach drei aufeinanderfolgenden Auftritten im *Baked Potato Club,* hatte er den Augenblick zugelassen. Er hatte »The Amercian Dream« gespielt. Zum ersten Mal seit langer Zeit. Warum, wusste er nicht. Es lag jedenfalls nicht daran, dass es der letzte Gig der Tournee gewesen war, und schon gar nicht, dass Weihnachten drohte. Er wusste es einfach nicht.

»Wann entscheidest du während eines Konzerts, ›The American Dream‹ zu spielen, Harry?«, lautete eine der Standardfragen, die ihm Musikjournalisten in Interviews stellten. Sie hätten ihn ebenso gut fragen können: »Ich bin hässlich, sexuell verklemmt und intellektuell unterbelichtet, Harry. Kannst du mir raten, was ich beruflich tun soll?« Worauf er geantwortet hätte: »Versuch's doch mit Journalismus. Und wenn das nicht hinhaut, mit Musikjournalismus.«

Harry lachte in sich hinein. Diese Typen waren vollkommen humorlos. Immer auf der Suche nach einer tieferen Bedeutung. Warum nahmen sie ihn nicht einfach beim Wort? Wenn er auf der Bühne sprach, versuchte er, sich so präzise wie möglich auszudrücken. Und wenn er gelegentlich aufbrauste, legte er die Beweggründe seines Zorns so dar, dass auch der begriffsstutzigste Mensch im Publikum – meist ein Musikjournalist – verstand, worum es ihm ging. Aber das schien nicht auszureichen.

Ein Typ in Berkley hatte sogar eine Doktorarbeit über Harry Cubs geschrieben, darüber, inwiefern die

Konzerte, in denen Harry »American Dream« spielte, die politische Meinungsbildung beeinflusst hatten. Natürlich hatte er sich geschmeichelt gefühlt. Aber am liebsten hätte Harry diesem Typen geraten, sein Leben auf sinnvollere Weise zu verschwenden. Es gab keine Antwort darauf, wann und warum Harry sie brauchte: die warme Welle der Zuneigung, die vom Publikum über ihn hinwegrauschte, wenn er sie an dem elementarsten seiner Träume teilhaben ließ.

Harry hielt an der Hoffnung fest, dass »The American Dream«, jenes Stück, das ihn berühmt gemacht hatte, auch neunundzwanzig Jahre nach seiner Entstehung etwas in den Menschen auslöste, das über bloße Nostalgie hinausging. Dass diese samtweichen Basstöne, die sich zu einem brillanten hohen B steigerten, nichts von ihrer Sogwirkung verloren hatten. Doch sobald diese Hoffnung in ihm aufkeimte – meist während der ersten Takte –, unterdrückte er sie, indem er scharf und zornig einatmete. Die wahre Natur der Gefühle, die er mit seinem Saxophon in den Menschen auslöste, ging ihn nichts an. Es genügte, dass er wusste, wie er das Stück zu spielen hatte. Und was er tun musste, um der Mann zu sein, der im Scheinwerferlicht stand und es spielte. Um Harry Cubs zu sein.

*

Im *Mamasita's* war viel los. Außer den Feuerwehrleuten hingen dort eine Menge Typen in weiten Shorts und T-Shirts herum, die für Rockbands und andere Produkte der Marketingindustrie warben. Aber man konnte nie wissen. Vielleicht war ein Jazz-Fan darunter. Harry wollte nichts riskieren. Er war in den letzten Monaten zu oft von Fremden bedrängt worden. Nach seinen Auftritten warteten sie vor Harrys Tourbus, um sich mit ihm fotografieren zu lassen. Als Beweis für ihre vermeintliche Nähe zu Harry Cubs. Für dieses Trophäen-Foto fassten sie ihn bei den Schultern und zwängten ihn in eine Umarmung. Woraufhin mit schöner Regelmäßigkeit die Kamera streikte und Harry einen weiteren qualvollen Moment in ihrem Klammergriff verharren musste.

Es war die erste Stunde seiner Tourneepause. Harry suchte die Deckung. Er bestellte einen Fisch-Burrito und eine Diet-Coke zum Mitnehmen und ging dann nach draußen, um neben dem müden Parkplatzwächter zu warten, bis man seine Nummer aufrief.

Harry stand im trüben Lichtschein des Restauranteingangs. Er lächelte den Parkplatzwächter an und freute sich, als sich dessen Gesicht für einen Moment aufhellte. Harrys Blick wanderte nach oben in die schwarze Weite über ihm, und er lauschte dem Straßenlärm: der aus den Autos schallenden Musik, den Gesprächen der Leute, dem fernen Geheul der

Polizeisirenen. Diese Geräuschkulisse ließ sein Herz aufgehen. Sie war die Verschmelzung all dessen, was im Jazz verdichtet wurde. Sie war der Lehm, aus dem Jazzmusiker ihre Stücke formten. Ohne Stadtlärm kein Jazz.

Auf einmal vernahm er die Stimme einer Frau. Sie telefonierte in einer fremden Sprache. Französisch, vermutete Harry, war sich aber nicht sicher. Während der vergangenen Jahrzehnte war er zwar oft in Pariser Jazzclubs aufgetreten, konnte sich aber immer noch keinen Kaffee auf Französisch bestellen, ohne dabei wie ein Idiot zu klingen. Keine Fremdsprache zu beherrschen, bedauerte Harry. Er tröstete sich damit, dass die Sprache der Musik mehr oder weniger universell war.

Nach einer Weile konnte er die Frau besser hören, aber sie entzog sich seinem Blick. Allein ihre schemenhaften Umrisse waren in einer dunklen Ecke des Parkplatzes erkennbar. Ihre Stimme klang warm, ja gütig. Doch Harry meinte auch, eine Niedergeschlagenheit, vielleicht sogar Wut darin zu vernehmen. Er horchte. Nein, das war kein Plaudern. Es war eine Klage.

Die einzigen Französinnen, mit denen er bisher in Berührung gekommen war, waren die Bardamen der Pariser Jazzclubs gewesen. Die lässige Erotik ihrer schwarzen Miniröcke, ihr heiseres Lachen und ihre Lasso-Blicke hatten ihn immer etwas eingeschüchtert.

Sie waren zu raubtierhaft für seinen Geschmack. Die Stimme dieser Frau war anders, verletzlicher. Harry fragte sich, was sie so spät allein auf einem finsteren Parkplatz suchte. Doch seine größte Neugier galt ihrem Aussehen.

Harry lehnte an der Wand, versunken in die Melodie der Frauenstimme. Er wusste nicht, wie lange er so gestanden hatte, als seine Nummer aufgerufen wurde. Genau in diesem Moment trat die Frau ins Licht. Er sah schlanke braungebrannte Beine, eine weiße Bluse und lange blonde Haare. Harry drängte es danach, sie genauer zu betrachten, wollte sie aber nicht anstarren. Als er mit seinem Burrito auf den Parkplatz zurückkehrte, telefonierte sie immer noch. Er konnte sie deutlich erkennen. Sein Herz stolperte, als es ihm gelang, ihr Gesicht zu sehen. Sie war noch schöner, als ihre Stimme versprochen hatte. Dann ein quälender Moment des Zweifels: Sollte er zu ihr gehen und sie fragen, ob alles in Ordnung war?

Harry steckte dem Parkplatzwächter einen Zehndollarschein zu und kehrte zu seinem Mercedes zurück. Natürlich war alles in Ordnung. Das hier war Sunset Plaza, nicht South Central. Ein Annäherungsversuch von irgendeinem Kerl war sicher das Letzte, was sie brauchte. Selbst wenn sie gewusst hätte, wer Harry war, hätte er ohne Zweifel wie ein geiler Bock auf sie gewirkt. Nun saß er im Auto und verschlang sein

Essen. Sinnlos, die Innenleuchte einzuschalten. Er wusste, wie ein Burrito aussah.

*

Während er dasaß und seinen Kaugeräuschen lauschte, überkam ihn ein ungutes Gefühl. Er fragte sich, was ihn wirklich davon abgehalten hatte, sie anzusprechen. Hatte er sich in sein Auto verkrochen, weil er ein Star war oder weil er Angst vor den Menschen hatte? Es erschien ihm kindisch, dass er nicht freundlich auf eine Frau zugehen konnte, ohne dabei das Gefühl zu haben, sich lächerlich zu machen. Warum konnte er nicht wie jeder andere in einem Fast-Food-Restaurant sitzen? Morgen würde sein Auto nach Fisch stinken. Der Gestank der Einsamen und Sozialgestörten.

Harry setzte sich aufrecht und drückte die Schultern durch. Schluss damit. Solche Gedanken überkamen ihn immer dann, wenn er endlich das Gefühl hatte, mit sich im Reinen zu sein. Sie besaßen etwas geradezu Physisches. Sie packten seinen Körper hinterrücks mit eisernem Griff, und Sekunden später spürte er den Juckreiz. So stark, dass er seine Haut innerhalb weniger Minuten blutig kratzte. Harry zwang sich, diese Gedanken und das Kribbeln an seinem Fußknöchel zu verdrängen. Einsamkeit war die dunkle Kehrseite des Ruhms, rief er sich mahnend in Erinnerung. Er war diesem Weg freiwillig gefolgt, und es war ein guter Weg. Was er tat, war für viele Menschen von Bedeutung. Er hatte in ihrem Leben einen Platz und eine Funktion. Harry diente einer Sache, die er selbst erschaffen hatte. Trotzdem blieb der quälende Zweifel: Würde er sich nicht genauso leer fühlen, wenn er nicht Harry Cubs wäre? War Harry Cubs nicht sein einziger Schutz vor dem Abgrund?

Harry trug »Harry Cubs« wie eine Rüstung. Seit dreißig Jahren. Auf der Bühne fiel es ihm leicht, Harry Cubs zu sein, dort fühlt er sich geborgen. Mit der Band im Rücken, dem Saxophon als Requisit und dem Spotlight im Blick verflog jede Unsicherheit. Auch deswegen war Harry über die Hälfte des Jahres auf Tournee: in den Vereinigten Staaten, in Europa, Japan und Australien, in Russland, Südafrika und einigen südamerikanischen Ländern. Wenn er von einem auch nur halbwegs renommierten Jazzclub angefragt wurde – und alle fragten an, denn er war der legendäre Harry Cubs –, sagte er zu. Er versuchte, jeden Abend auf der Bühne zu stehen und die Abstände zwischen den Auftritten so kurz wie möglich zu halten. An manchen Abenden trat er gleich zweimal auf. Wenn die Pause zwischen den Auftritten zu lang war, wurde seine Rüstung porös. Dann beschlich ihn die Frage, ob es sich bei Harry Cubs tatsächlich um diesen Mann im Scheinwerferlicht handelte. Oder ob Harry Cubs nicht doch ein ganz anderer war.

An einem Konzerttag war für solche Fragen keine Zeit. Mit dem Aufwachen begann für ihn der Vorlauf jenes Moments, in dem er auf die Bühne trat. Den ganzen Tag lang spannte Harry den Bogen immer weiter bis zum Anschlag, um mit seinem Auftritt den Pfeil punktgenau ins Schwarze zu schießen. Wenn er sich nicht im Tourbus aufhielt und seine Fanpost beantwortete, stählte er seinen Körper im nächstbesten Fitnessstudio für die oft dreistündigen Auftritte. Drei Stunden auf Bühnen in heißen, stickigen Läden. Seine Musiker legten Pausen ein, aber er spielte weiter. Schließlich waren die Leute gekommen, um Harry Cubs zu sehen, und Harry Cubs sollten sie bekommen. Seine Band war nur Beiwerk. Ohne sie hätten seine Konzerte aus dreistündigen, von kurzen Monologen unterbrochenen Saxophonsoli bestanden. Aber auch dazu wäre Harry bereit gewesen, wenn ihn jemand darum gebeten hätte. Harry Cubs Aufgabe bestand darin, Bedeutung zu erschaffen und jenen Funken zu schlagen, der das Publikum entfachte und bereichert heimkehren ließ. Und es war allein Harrys Versagen, wenn dies nicht geschah.

Wenn Harry die Bühne betrat, hatte er nur ein Ziel: das Publikum an sich zu fesseln und es in den Bann eines gemeinsamen Rhythmus' zu schlagen. Die Zügel zu straffen und wieder zu lockern. Der ideale Auftritt, so formulierte es Harry für die Journalisten, sei für das Publikum wie eine Fahrt im Porsche durch eine wunderbare Gebirgslandschaft: rasant, riskant, unvorhersehbar. Wenn die Aufmerksamkeit des Publikums nachließ, spürte Harry dies, noch bevor das erste Räuspern laut wurde. Die Vorstellung, dass die Zuschauer während seiner Konzerte untereinander tuscheln könnten, raubte ihm nachts den Schlaf. Sollte dies jemals geschehen, wäre das der Moment seiner Niederlage. Sein persönliches Waterloo. Der Verlust jedweder Kontrolle.

Harry fuhr ein Stück die Londonderry hinauf, um wenden zu können. In dem Haus zu seiner Linken hatte früher Dean Martin gewohnt. Irgendwann hatte er genau an dieser Stelle seinen Burrito gegessen, als ein Touristenbus mit offenem Oberdeck vorbeigefahren war, und zugehört, wie der Fremdenführer einer Gruppe Touristen mit hummerroten Gesichtern ein paar lahme Anekdoten über Dean Martin und das Rat Pack erzählte. Er hatte die Storys so gelangweilt heruntergeleiert, dass Harry am liebsten ausgestiegen wäre und ihm einen Denkzettel verpasst hätte. Damit er sich beim nächsten Mal Mühe geben und einem Musikgenie den nötigen Respekt erweisen würde.

Harry bog in den Sunset Boulevard ein. Als er La Cienega überquerte, überfielen ihn erneut Zweifel. Hatte er sein Publikum tatsächlich unter Kontrolle? Die Leute bezahlten gutes Geld dafür, ihr Idol, ihren privaten Jesus zu sehen. Sie saßen mit einer Ehrfurcht in den Jazzclubs, als folgten sie einem Gottesdienst. Predigte er den längst Bekehrten? War es vielleicht an der Zeit, etwas Neues zu wagen, unter Pseudonym aufzutreten? Das würde zwar bald durchsickern, aber er hätte die Gelegenheit, ein anderes Publikum anzulocken und herauszufinden, ob er noch der Alte oder einer jener abgehalfterten Stars war, die von einem Ruhm zehrten, dessen Verfallsdatum schon lange überschritten war.

Harry fixierte den Aufkleber auf der Stoßstange des vor ihm stehenden Autos: »Ich bin das Licht am Ende deines kleinen, lächerlichen Tunnels«. Er konnte den Blick nicht abwenden, spürte, wie Wut in ihm aufstieg. Das Auto setzte sich in Bewegung. Harry saß wie versteinert da. Hinter ihm hupte jemand.

»Scheiß auf euch!«, brüllte Harry, schlug mit der Hand aufs Lenkrad und gab Gas. Wie zum Teufel kam er darauf, dass es nicht mehr um Bedeutung und Qualität ging? Wieso erlaubte er sich den Gedanken, an einen Punkt gelangt zu sein, an dem die Leute nur noch kamen, um Harry Cubs, die Jazzikone, zu sehen? Für wen hielt er sich? Größenwahn wäre der erste Schritt zur Selbstzufriedenheit, und Selbstzufriedenheit wäre das Ende. Seine Fans hatten gewaltige Erwartungen an ihn. Sie wollten nicht irgendeinen Jazzmusiker, sie wollten Harry Cubs. Und Harry würde sie niemals enttäuschen. Harry lebte für die Bühne. Und auf der Bühne zweifelte er keine Sekunde daran, am rechten Ort zu sein und genau das Richtige zu tun.

Der Harry Cubs, den sein Publikum wollte, trug Schwarz: schlichte schwarze Hosen aus Surplus-Läden, die ein gutes Jahr hielten, enge, schwarze T-Shirts, die er im Dutzend bei Walmart kaufte, und schwarze Militärstiefel. Nicht diesen Retro-Look im Stil der Jazz-Lizards der fünfziger Jahre. Harry hatte kein Interesse daran, John Coltrane zu imitieren. Harry war kein Schwarzer. Und genau deswegen sah er in Anzügen nicht cool aus.

Der Harry Cubs, den er erschaffen hatte, war jemand, der kein Blatt vor den Mund nahm und jedem, der ein Problem damit hatte, die Tür zeigte. Er war jener weiße Junge, der in einem Dreckloch von staatlicher Schule mitten in Chicago gelernt hatte, sich gegen die schwarzen Schläger zur Wehr zu setzen. Der im Jazz seinen Trost gefunden hatte, nur um begreifen zu müssen, dass dieser immer noch die Musik der Schwarzen war. Ein Club, der ihn nicht als Mitglied wollte. Den Weg auf die Bühnen der Chicagoer Jazzszene hatte er sich hart erkämpfen müssen. Die schwarzen Jazzmusiker freuten sich über einen weißen Jungen im Publikum, aber spielen wollten sie nicht mit ihm. Harry war noch ein Teenager, als er kapierte, dass der Jazz eine politische Bedeutung besaß. Die frühen Jazzmusiker hatten lange vor Martin Luther King einen Traum gehabt. Sie hatten ihre Musik von den

Baumwollpflückern und den zusammengeketteten Knastbrüdern aus Mississippi geerbt, die den Blues gesungen und den Ton dessen angeschlagen hatten, was sich später zum Jazz weiterentwickeln sollte. Der Jazz war die Stimme der Schwarzen zu jener Zeit, in der sie durch die Rassentrennung zum Schweigen verurteilt gewesen waren. Der Jazz war der Sound und die Seele der Bürgerrechtsbewegung.

Als Weißer und einziges Kind einer alleinstehenden Mutter, die – zu allem Überfluss – auch noch für die Stadt arbeitete, wusste Harry, dass er von Jazzmusikern mit einem echten Anliegen nie ganz ernst genommen werden würde. Miles Davis war ja nicht nur ein Genie mit Trompete. Nein, er war schwarz wie Öl, und seine Musik bedeutete für jeden, der ihn in Onkel Toms beschissene Hütte sperren wollte, ein Schlag in die Magengrube.

Harry begriff, dass auch er Inhalte brauchte, wenn er ein erfolgreicher Jazzmusiker werden wollte. Und genau das war sein Ziel. Anfangs war es ihm nur darum gegangen, seiner Liebe zum Jazz eine Bühne zu geben und endlich ein Publikum zu haben, das seinen inneren Verwerfungen lauschen würde. Dem ganzen Scheiß, den er hatte durchmachen müssen und dem er nur durch die Musik Ausdruck verleihen konnte.

Sein Ehrgeiz erwachte schon kurz nach seinem ersten Gig als Back-up-Musiker in einem Laden mit

Wänden, klebrig von kondensiertem Schweiß. Es war der Blick, der während seines allerersten Solos in die Augen der Leute trat. Wie sich seine Musik in ihren Gesichtern spiegelte. Ihre Aufmerksamkeit an sich zu binden, gab ihm ein Gefühl so unwiderstehlich, dass er nicht mehr ohne leben wollte. Er wollte dieses Gefühl besitzen. Immer und jederzeit. Deswegen musste er es bis ganz nach oben schaffen. Er wollte der Musiker sein, der im Jazz die Barriere für Weiße durchbrach. Harry Cubs sollte der erste weiße Jazzmusiker mit einer Botschaft sein.

*

Der Verkehr auf dem Sunset Boulevard staute sich selbst zu dieser späten Stunde. Harry schlich quälend langsam dahin. Er fluchte. Dann wandte er den Blick von dem Meer roter Bremslichter ab und sah hinauf zum *Chateau Marmont*. Das Hotel ragte über ihm auf wie die Burg eines bösen Zauberers. Dort feierte seine Band gerade das Ende der Tournee. Die Tour hatte so vielversprechend begonnen. Auf der Bühne hatten sie eine gemeinsame Sprache gefunden. Ihre Blicke flogen einander zu, wenn sie den Flow fanden. Harry hatte die Hoffnung gehegt, dass es dieses Mal anders sein würde. Dass ihm der Ekel erspart bliebe, wenn seine Bandmitglieder die Luft im Tourbus mit ihrem fauligen Atem verpesteten. Leider war es gekommen, wie es immer kam. Zuneigung verwandelte sich in Abscheu. Doch die Verunsicherung blieb. Er fühlte sich, als habe er versagt. Und deswegen würde er sich ein letztes Mal in diesem Jahr der Herausforderung ihrer Gesellschaft stellen. Das *Chateau* war Hollywoods zentrale Sammelstelle für die Celebrity-Szene. Viele Gäste hingen nur stumm auf den Sofas herum – entweder weil das Posieren ihre gesamte geistige Kraft erforderte oder weil sie zu benebelt waren, um noch den Mund aufzukriegen. Auf jeden Fall würde man dort keine Notiz von ihm nehmen, solange er einfach nur dasaß und schwieg, bis er bereit war, den Kampf aufzunehmen.

Harry bog vom Sunset Boulevard ab und fuhr hinauf zur Hoteleinfahrt. Vor ihm am Auto-Check-In stand ein Rolls-Royce Corniche mit offenem Verdeck. Am Steuer saß ein Typ mit Hut und Motorradjacke, sein Beifahrer war ein schlaksiger Hipster mit Bart. Sie scherzten und lachten mit dem hübschen Mädchen, das die Autoschlüssel entgegennahm. Fassungslos sah Harry zu, wie das Mädchen die beiden Clowns anklimperte, über ihre schwachsinnigen Anzüglichkeiten kicherte und ihnen dabei die Brüste entgegenstreckte.

Sie hieß Clarice oder Clarissa. Bei seinem letzten Besuch in diesem Hotel vor gut einem Jahr hatte sie die Gäste im Restaurant empfangen und sich ihm gegenüber genauso verhalten. Sie hatte ihm vorgeschwärmt, wie sehr sie seine Musik liebe und ihn entrückt angefunkelt. Harry hatte ihre Aufmerksamkeit genossen und sogar erwogen, sie anzurufen. Harry wendete augenblicklich sein Auto, wobei er um ein Haar einen der an der Bordsteinkante lauernden Paparazzi überfahren hätte. Das Ganze war eine schwachsinnige Idee gewesen. Seine Musiker bliesen sich wahrscheinlich gerade die Lichter aus. So war es immer. Sie kannten keine andere Art, sich zu amüsieren. Nach einem Gig hingen sie in der Hotelbar herum und staubten Drinks ab, indem sie angeberisch auf dem Klavier klimperten oder mit halb vollen Gläsern Drums improvisierten. Früher oder später würde jemand fragen, ob sie in einer Band spielten. Und wenn sie dann antworteten: »Ja, wir spielen mit Harry Cubs«, versuchten sie, möglichst beiläufig zu klingen. Die Ehrfurcht, die dieser hingeworfene Satz im durchschnittlichen Hotelbargast weckte, war ihre wahre Belohnung. Deshalb fanden sie sich mit Harry und seinem anstrengenden Tourneeplan ab. Sie vegetierten im Windschatten von Harrys Berühmtheit dahin, denn sie selbst würden immer nur Begleitmusiker sein. Genau genommen waren sie Nutten, die man mit kostenlosen Drinks und Drogen kaufen konnte. Im *Chateau Marmont* würden sie schon irgendeinen grenzdebilen, zum Actionhelden mutierten Ex-Disney-Star finden, der sie vorübergehend in seine Entourage aus Speichelleckern und Blutsaugern aufnahm und sie mit ausreichend Alkohol und Koks versorgte. Ein Typ, der noch berühmter war als Harry. Und darauf würden sie dann stolz sein. Harry schauderte. Er konnte sich nichts Grauenhafteres vorstellen, als mit ihnen zu feiern.

Harry bog wieder in den Sunset Boulevard ein und fuhr in Richtung Osten. So sehr er sich auch ein harmonisches Verhältnis zu seiner Band wünschte, er musste akzeptieren, dass er dazu außerstande war. Deswegen schlief er auch lieber in seiner Koje im Tourbus. Band und Crew dagegen zogen es vor, im Hotel zu übernachten. Seine Koje war klein und schmal und keinen Meter hoch. Aber wenn er den Vorhang zuzog und die Leselampe anknipste, verwandelte sie sich in eine Höhle. Dann hatte er das Gefühl, in einem U-Boot zu liegen, eingehüllt von der Stille der Tiefe, abgeschottet von der Banalität der Außenwelt. Wenn sich die anderen im Bus aufhielten, musste er sich ihr endloses Geschwafel anhören, das mit steigendem Alkoholpegel immer penetranter und, wenn sie Gras oder Koks oder was auch immer aufgetrieben hatten, absolut unerträglich wurde. Vor kurzem, während einer Pause in einem All-Night-Diner, war Harry seinem Drummer auf der Toilette begegnet. Während er sich die Hände wusch, zog der Drummer auf der Fensterbank eine Line Ketamin. Als er sich Harrys Spiegelbild zuwandte, musste er aufstoßen, wodurch das blaue Pulver aus seinen Nasenlöchern stäubte. Darauf nahm er einen Schluck aus seiner Flasche Jack Daniels – eingewickelt in eine Tüte für gebrauchte Tampons aus der Damentoilette – und nuschelte: »Muss den Geschmack runterspülen ... ist immer ätzend, eine Line ziehen, wenn die Ecstasy gerade reinkickt.« Harry starrte ihn nur wortlos an. Dann wandte er sich ab, kehrte zu seiner Koje zurück und stöpselte sich die Ohren zu.

Manchmal sehnte sich Harry nach den achtziger Jahren zurück, als man kaum einen Jazzmusiker hatte finden können, der nicht auf Heroin gewesen war. Auf Heroin hielten sie wenigstens die Klappe. Problematisch wurde es erst, wenn die Entzugserscheinungen einsetzten. Den Anblick ihrer verschwitzten Gesichter und die mit dem Turkey einhergehende Scheißlaune ertragen zu müssen, hatte Harrys Zuneigung aber auch nicht gerade gesteigert. Das galt auch für ihr regelmäßiges Verschwinden. Harry hatte unzählige Toiletten nach seinem ehemaligen Drummer Pete abgesucht, wenn der sich wieder einmal mit seinen zwei besten Freunden – Löffel und Nadel – versteckt hatte. Meistens hatte er ihn im dreckigsten Klo der Stadt gefunden, zusammengeklappt, das Hirn komplett weggeschossen. Wenn Pete nicht so verdammt begabt gewesen wäre, hätte Harry ziemlich schnell die Geduld verloren. Aber so hatte Harry ihn mehr als einmal mit einer Adrenalinspritze, die er für Notfälle im Tourbus aufbewahrte, ins Leben zurückgeholt. Doch an einem unerträglich heißen Tag in Austin, Texas, war Harry zu spät gekommen. Pete hatte sich in der Toilette einer Burger-King-Filiale, gleich gegenüber dem Konzertclub, eine Überdosis gesetzt. Harry hatte Petes leblosen Körper bis zum Eintreffen des Rettungswagens in den Armen gehalten.

*

An der nächsten Ampel suchte Harry im Handschuhfach nach etwas Essbarem. Als er endlich einen alten Nussriegel fand und darauf herumkaute, versuchte er sich seine erste Jazzplatte in Erinnerung zu rufen. Wahrscheinlich »A Love Supreme« von Coltrane, denn das war einer der Favoriten seiner Mutter gewesen. Harry war überzeugt, dass der Jazz ihn davor bewahrt hatte, zu trinken, zu rauchen oder Drogen zu nehmen. Warum sich Jazzmusiker zudröhnen mussten, obwohl ihnen diese wunderbare Musik zur Verfügung stand, hatte Harry nie begriffen. Die Labyrinthe, in denen sich große Solisten wie Thelonious Monk verloren, kamen Harry vor wie Spiegelbilder der Irrgärten seines eigenen Geistes. Der Jazz gab ihm das Gefühl, nie allein, nie verloren, nie verlassen zu sein. Die Musik beschützte und stützte ihn bedingungslos. Die Musik verstand immer, was in ihm vorging. Als Harry selbst

Saxophon zu spielen begann – er war damals ungefähr zehn gewesen und hatte im Musikraum seiner Schule ein altes Instrument gefunden –, geschah etwas noch viel Verblüffenderes: tiefe, ihm bisher ungekannte Erleichterung, Stille trat ein. Sobald er seine Lippen an das Mundstück des alten, verbeulten Saxophons gesetzt hatte, verhallte das Rattern der Schnellzüge, die unablässig durch sein Hirn jagten. Und noch immer waren die Klänge des Saxophons sein einziges Heilmittel gegen die ständig lauernde Hoffnungslosigkeit, die ihn angesichts von Einsamkeit und Chaos zu übermannen drohte.

Ehrgeiz war Harrys Panzer gewesen. Zusätzlichen Schutz boten die Tätowierungen. Mit einer auf dem rechten Arm hatte es begonnen: ein Frauenkopf mit Schlangen statt Haaren. Harry hatte das Motiv zufällig auf dem Cover eines Romans im Bücherregal seiner Mutter entdeckt. Erst Jahre später hatte er erfahren, dass die Frau mit dem Schlangenkopf Medusa hieß. Pete hatte es ihm erzählt. Offensichtlich war Medusa eine Gestalt aus der griechischen Sagenwelt, von der es hieß, dass jeder, der ihr ins Gesicht blicke, zu Stein erstarre. Am Ende gelang es einem Typen namens Perseus, sie zu töten, indem er sie enthauptete. Sein Trick bestand darin, Medusa nicht direkt anzuschauen, sondern nur ihr Spiegelbild in seinem blankpolierten Schild. Den abgeschlagenen Kopf der Medusa schenkte er Athene, der Göttin der Weisheit, die ihn wiederum als Schild benutzte, um sich unbesiegbar zu machen. Coole Geschichte, hatte Harry gedacht. Aber so wirklich interessierte sie ihn nicht. Was ihm an dem Bild gefallen hatte, waren allein die Schlangen gewesen. Und vielleicht auch der Ausdruck zorniger Entschlossenheit im Blick der Frau. Er hatte dieselbe Faszination verspürt, die sein erster Besuch in der Zoohandlung von Mr. McCanny in ihm ausgelöst hatte.

Mr. McCannys Laden, in dem er als Schüler gejobbt hatte, befand sich in der Milwaukee Avenue. Harry hatte mit ungefähr zwölf Jahren begonnen, sich auf der Milwaukee Avenue herumzutreiben, um den häufig wechselnden Freunden seiner Mutter aus dem Weg zu gehen. Harry machte ihr ihre Bekanntschaften nicht zum Vorwurf, weder damals noch heute. Es war nie ihre Absicht gewesen, Mutter zu werden. Zwei Jahre nach seiner Geburt hatte sie sich von seinem Vater getrennt und wieder so gelebt, wie sie schon immer leben wollte: unabhängig und mit all den Vorzügen, die ihr das Dasein als unabhängige Frau zu bieten hatte. Harry war nur ein Zwischenspiel gewesen, ein Fehler, der sich nicht mehr ausbügeln ließ. Sie kümmerte sich um ihn, so gut sie konnte. Sie besaß eine gut sortierte Bibliothek und ermunterte Harry zum Lesen. Einmal war sie sogar mit ihm nach Italien gereist, das Heimatland ihrer Eltern. Außerdem hatte er durch sie den Jazz kennengelernt. Es gab also durchaus

Gründe, ihr dankbar zu sein. Aber die Tatsache, dass sie jeden Typen, den sie gerade vögelte, dazu anregte, Harry – wie sie es nannte – zu »disziplinieren«, konnte er weder verstehen noch verzeihen. Selbst jetzt noch nicht, fast vierzig Jahre später. Manchem war bei all dem Gebrüll die Hand ausgerutscht. Aber die Demütigung war der eigentliche Schmerz gewesen. Diese Dreckskerle genossen jede Sekunde ihrer Macht über ihn. Wahrscheinlich hatten sie mehr Spaß daran gehabt, Harry zu erniedrigen, als seine Mutter zu ficken. Die Sache war so grausam wie primitiv: Der junge Rivale wurde vom Platzhirschen gemaßregelt und verjagt.

Und Harry floh tatsächlich. Die Milwaukee Avenue wurde seine Zuflucht. Er hing mit Ernie ab, dem irisch-italienischen Parkplatzwächter des griechischen Restaurants, in das man den Alkohol selbst mitbringen musste. Harry hockte den ganzen Abend mit ihm zusammen, manchmal bis Mitternacht. Er durfte an Ernies Flachmann nippen, der aber nur Tee mit Milch und jede Menge Zucker enthielt. Oft stieß Groucho, Ernies bester Freund, dazu. Groucho war schwarz und schwul und schwer wie ein Walross. Er lästerte ununterbrochen über andere Schwule. Und manchmal, wenn einer seiner früheren Liebhaber vorbeiging, aus einer Zeit, als Groucho seinen Schwanz noch hatte sehen können, pöbelte er sie lautstark an. Von Harry wurde erwartet, Groucho bei seinen Pöbeleien zu unterstützen, aber Groucho und Ernie achteten darauf, dass sich niemand an ihrem Maskottchen vergriff. Harry war der hübsche Junge, den alle Schwulen der Gegend vergeblich begehrten.

Damals war die Milwaukee Avenue in Chicagos Far West Side ein ziemlich raues Pflaster. Schwule wurden regelmäßig von Betrunkenen aus dem Irish Pub zusammengeschlagen. Und die Autos der Zuhälter vor dem *Gentlemen's Club* blieben auch nicht verschont. Bei allem, was nachts geschah, am Tag war es ein freundliches und lebendiges Stadtviertel. Es gab einen anständigen Lebensmittelladen, in dem man nicht nur stahl, sondern tatsächlich einkaufte, und ein Geschäft für Damenbekleidung, das Kittelschürzen mit Blümchenmuster und rosa Strickjacken im Angebot hatte, für die dicken, alten Damen, die die Straße von ihren Küchenfenstern aus im Blick behielten. Außerdem war es der Ort, an dem Harrys Leben eine Wendung nahm. Der Ort, an dem er zu ahnen begann, dass er mehr sein konnte als das unerwünschte Kind, der Fehler.

Harry ging noch auf die Highschool, als er mit dem Muskeltraining begann. Nachdem er kapiert hatte, dass er auf sich allein gestellt war, wenn der Schulmob ihn verdreschen wollte, begann er, Gewichte zu stemmen. Was sich rasch auszahlte. Denn der schmächtige Junge verwandelte sich in einen Kerl, mit dem man sich lieber nicht anlegte. Sowohl Muskeltraining als auch Saxophonspielen waren einsame Beschäftigungen. Harry betrieb beide mit Hingabe und Konzentration. Irgendwann hörte er auch auf, mit Ernie und Groucho abzuhängen. Harry isolierte sich und verfolgte nur ein Ziel: ganz nach oben zu gelangen. Sein gestählter Körper gab ihm nicht nur Kraft, sondern sorgte auch dafür, dass er sich von der Masse der Jazzmusiker abhob: Junkies, die aussahen, als würden sie langsam an Schwindsucht krepieren, oder Fettärsche, bei denen das Essen schon lange den Sex ersetzt hatte. Harry war inzwischen einundfünfzig, zog aber immer noch sein T-Shirt aus, wenn ihm auf der Bühne zu heiß wurde. Und wie beim allerersten Mal löste dies Gejohle im Publikum aus. Er war stolz auf seinen Körper. Harry wollte gewollt werden. Begehren war Teil der Alchemie seiner Live-Auftritte. Er trainierte wo und wann auch immer er konnte, manchmal spät in der Nacht. Der Schmerz und die Anstrengung wurden mit der Gewissheit belohnt, dass er seinen Körper nach seiner Vorstellung formen konnte.

Seine Tätowierungen vervollkommneten dieses Gesamtkunstwerk. Schlangen bedeckten Oberkörper und Arme. Zwischen seinen Schulterblättern prangte ein Löwenkopf. Auf sein Genick hatte er sich die Buchstaben »FOAD« tätowieren lassen, »FUCK OFF AND DIE«. Direkt über seinem Herzen stand »DIRTY BUT CLEAN«. Anfangs hatten ihm Kritiker unterstellt

– vor allem die afro-amerikanischen –, dass er sich durch seine Tätowierungen in einen Schwarzen verwandeln wolle. Dass sein Auftritt nichts anderes als eine »Minstrel Show«, eine verlogene Anmaßung sei. Aber nach der Veröffentlichung von »The American Dream«, das Stück, das landesweit von allen Radiosendern mit einer anständigen Playlist gespielt wurde, verstummten diese Stimmen.

»The American Dream« war eingeschlagen wie eine Bombe. Plötzlich war Harry nicht mehr der Möchtegern-Schwarze mit dem Saxophon. Harry wurde über Nacht zu dem Musiker, der dem Jazz eine Dosis Punk verpasst und ihn dadurch aus den Clubs in die Vororte geholt hatte. Harry hatte den Jazz für die weiße Mittelschicht seiner Generation wieder zugänglich gemacht. Und zwar nicht nur, weil er ein Weißer war. Kurz vor der Veröffentlichung von »The American Dream«, genau an dem Tag, als Ronald Reagan zum Präsidenten gewählt worden war, hatte Harry begonnen, auf der Bühne zu sprechen, kurze Monologe über alles zu halten, was ihm gerade in den Sinn kam. Während Harry eines der Stücke spielte, die später auf seinem ersten Album erscheinen sollten, war ihm bewusst geworden, dass er Reagan noch inbrünstiger hasste als seinen Vater. Und nachdem er das Stück zu Ende gespielt hatte, war es aus ihm herausgebrochen. Er explodierte. Seine Worte hagelten auf das Publikum nieder wie Kugeln aus dem Gewehrlauf eines Amokschützen. Seine Musiker starrten ihn an, als hätte er den Verstand verloren. Dann folgte die Ernüchterung. Harry schämte sich und wollte gleich weiterspielen. Aber das Publikum hinderte ihn daran. Die Leute johlten und verlangten mehr. Wieder ließ Harry seinem Zorn freien Lauf, das Publikum tobte. Zu dem Zeitpunkt, als »The American Dream« veröffentlicht wurde, war er nicht mehr irgendein weißer Jazzmusiker. Er war Harry Cubs. Ein Mann, der etwas zu sagen hatte.

02

Harry fuhr durch den Laurel Canyon. Noch eine Straßenbiegung, und er erreichte den Mount Olympus. Sein Zuhause. Nicht, dass dieses Wort eine Bedeutung für ihn gehabt hätte. Es handelte sich nur um ein Haus, das seine Plattensammlung und sein Büro beherbergte. Er hatte es von einem Musikproduzenten gekauft, der sich eine goldene Nase mit Heavy Metal verdient hatte – in Harrys Augen die letzte Zuflucht für Musiker ohne Talent. Nach seinem Einzug hatte Harry im Küchenschrank eine große Dose Vicodin entdeckt, die anstatt Vicodin-Tabletten ein Medikament gegen Genital-Herpes enthalten hatte. Das sagte wohl alles über diesen Typen. Aber das Haus war günstig gewesen. Und die vier Meter hohe Betonmauer, die es umgab – der Produzent hatte sie vermutlich in einem Anfall von Kokain-induzierter Paranoia errichten lassen – war gar nicht so übel. Sie war sogar durchaus sinnvoll. Wie auch das große Metalltor, das nur ferngesteuert geöffnet werden konnte und außen keine Klingel besaß. Es gab sogar einen kleinen, schalldichten Panic Room mit Bad, Bett und kleinem Kühlschrank. Manchmal übernachtete Harry dort, denn es erinnerte ihn an seine Koje im Tourbus. Und Harry suchte Schutz. Einige seiner Fans, darunter zwei Stalkerinnen, gegen die er Unterlassungsklagen erwirkt hatte, ließen ihm keine Ruhe. Es gab Frauen, die sich einbildeten, Harrys »astrologischer Zwilling« oder seine »karmische Seelenverwandte« zu sein oder was auch immer ihre esoterisch verseuchten Gehirne ihnen vorgaukelten. Vor kurzem hatte er einen Brief von einer Frau erhalten, die behauptete, anhand von »Audio-Material« beweisen zu können, dass Harry ihren Hund gefoltert habe. Sie hatte dem Brief ein Foto von sich selbst – ihre Augen Leuchtstrahler des Wahnsinns – und eines von ihrem Hund beigefügt, ein verblödet dreinschauender, weißer Pudel. Harry reichte Briefe solcher Art an seinen Anwalt weiter. Er hatte keine Lust, sich mit diesem Irrsinn herumzuschlagen.

Schutz brauchte Harry vor allem dann, wenn ihn die Erinnerung an jene Nacht vor zweiunddreißig Jahren heimsuchte. Nach seiner Ankunft in Los Angeles, er war damals neunzehn Jahre alt gewesen, hatte Harry eine Weile auf Petes Sofa in West Hollywood übernachtet. Petes Wohnung lag einen Block nördlich vom Santa Monica Boulevard. Er wohnte dort mit Barry, einem Kumpel aus Highschool-Tagen, der nach Hollywood gekommen war, weil er als Schauspieler berühmt werden wollte.

Pete und Harry hatten sich in New York bei einer Jam Session in der *55 Bar* kennengelernt. Es hatte sofort gezündet. Der Flow hatte vom ersten Moment an eingesetzt und bis zu Petes Tod nie aufgehört. In Pete hatte Harry den perfekten Weggefährten für die Erkundung seiner musikalischen Irrgänge gefunden.

Und als Pete zurück nach L. A. ging, war klar gewesen, dass Harry früher oder später nachkommen würde.

Als Pete und Harry eines späten Abends von einem Gig zurückkehrten, stand ein Typ im Wohnzimmer, der Barry mit einer Pistole bedrohte. Barry flehte um sein Leben. Als der Typ mit der Pistole bemerkte, dass jemand eingetreten war, richtete er seine blutunterlaufenen Augen auf Pete und Harry. Bevor sie reagieren konnten, hatte er sich schon mit der nervösen Fahrigkeit eines Junkies an ihnen vorbeigestohlen. Als er die Wohnungstür erreichte, drehte er sich noch einmal um. Harry spürte, wie die Kugel an seinem Ohr vorbeisauste, bevor sie Barrys Kopf wegpustete.

Die Polizisten, die kurz darauf am Tatort erschienen waren, gingen von einem Eifersuchtsdrama unter Schwulen aus. Sie legten Pete und Harry Handschellen an und nahmen sie über Nacht in Gewahrsam. Während der Nacht in der Zelle hatte Harry zum ersten Mal »The American Dream« in seinem Kopf gehört. Und als er das Stück ein paar Wochen später auf der Bühne spielte – in einer kleinen Bar in Anaheim –, erklärte er es zum Requiem für Barry und seinen Traum, der ihn nach Hollywood gelockt hatte. Harry erwähnte dies nie wieder, weder öffentlich noch Pete gegenüber. Er wollte Barrys Tod nicht für eigene Zwecke ausschlachten. Der Mörder wurde nie gefasst, und wie das Schicksal all jener namenlosen Glücksritter, die nach Hollywood kommen, nur um in der Gosse zu landen, wurde auch Barrys Tod durch das Abflussrohr dieser gigantischen Kloake von Stadt gespült. Ungefähr zu dieser Zeit setzte sich Pete den ersten Schuss.

*

Die Mauer, die Harrys Anwesen umgab, schreckte nicht nur unerwünschte Besucher ab. Sie stellte auch sicher, dass keine seiner todbringenden Gefährtinnen entkommen konnte. Harry besaß Giftschlangen: eine ganz andere Nummer als die harmlosen Kornnattern in Mr. McCannys Zoohandlung, von denen er sich aus Nostalgie auch einige Exemplare hielt. Harry liebte das Gefühl ihrer trockenen Körper auf seiner Haut. Ihre perfekten Schuppen versiegelten ihr Inneres, ein Austausch, sei er physischer oder sozialer Natur, fand nicht statt. Ihr erstarrtes Lächeln war undurchdringlich. Wenn sie irgendwelche Gefühle hatten, so waren diese nirgendwo abzulesen. Um ihr Gefühlsleben musste man sich nicht kümmern. Es reichte aus, ihre Makellosigkeit zu bewundern. Ihre Schönheit kannte keinen Vergleich.

Die Giftschlangen hatte Harry auf dem Schwarzmarkt gekauft. Sie waren noch winzig gewesen, und er hatte sie eigenhändig aufgezogen. Ihr Biss wirkte tödlich, bei manchen in Minutenschnelle. Diese Schlangen taugten nicht als Haustiere. Sie waren Killer. Aber

Harry war kein Haustierbesitzer. Er fühlte sich im Kern seines Wesens mit ihnen verbunden. Schon bei seiner ersten Begegnung mit den Schlangen in Mr. McCannys Zoohandlung hatte er instinktiv gewusst, wie mit diesen Geschöpfen umzugehen war. Er hatte ihre körperlichen Bedürfnisse und die Art, wie sie angefasst werden wollten, sofort erkannt. Und er wusste sehr wohl, dass er die Verantwortung dafür trug, diese eleganten Ungeheuer von der Öffentlichkeit fernzuhalten.

Als Harry das Tor mit der Fernbedienung öffnen wollte, erblickte er im Electra Drive, ungefähr zweihundert Meter von seinem Haus entfernt, einen kleinen Umzugslaster. Wenig später trat er auf seinen Balkon und sah, dass das Haus gegenüber, auf der anderen Seite des Canyons, hell erleuchtet war. Harry erwog kurz, zum Fernglas zu greifen, das unter dem Balkongeländer lag. Doch er war nicht neugierig genug auf seine neuen Nachbarn.

Die Mieter dieses Hauses wechselten in rascher Folge. Jetzt hatte es eine Weile leer gestanden. Bei Harrys Einzug in den Laurel Canyon wohnte dort ein schwarzer Porno-Produzent, der am Pool und im Wohnzimmer Sexpartys gefilmt hatte: Schwarze Männer fickten weiße Frauen. Das konnte Harry von der Leseecke auf seinem Balkon aus mit dem Fernglas beobachten. Von dort aus hatte er freien Blick auf den hinteren Teil des Grundstücks. Es wäre ihm nie in den Sinn gekommen, sich ein Fernglas anzuschaffen. Sein Interesse an seinen Mitmenschen ging nicht so weit, dass er den Wunsch verspürte, sie heimlich zu beobachten.

Aber der paranoide Musikproduzent hatte ein Fernglas besessen und es auf dem Balkon liegen gelassen. Zweifellos hatte er sich dort regelmäßig einen runtergeholt. Harry hatte auch einige Male zugeschaut. Schließlich war er nicht aus Stein. Doch am Ende musste er feststellen, dass ihn diese Porno-Partys ebenso wenig befriedigten wie Pornos an sich. Er fand es unbegreiflich, dass Männer süchtig danach wurden. Wer wollte schon Sex aus der Dose? Harry hatte gern Sex. Sehr gern. Aber warum sollte er, wenn er gerade mal keinen hatte, anderen dabei zuschauen? Und wenn er, wie jeder Mann mit einem Pulsschlag, onanierte, dachte er dabei an tatsächliche Sex-Erlebnisse. Davon hatte es einige gegeben, wenn auch nicht so viele, wie die Leute vielleicht annahmen. Sein letzter Sex lag inzwischen schon über ein Jahr zurück. Wenn er jetzt mit einer Frau schlief, dann wollte er auch, dass es ihm etwas bedeutete.

Harry ging zurück in die Küche. Er war immer noch hungrig. Wie üblich wartete eine Mahlzeit auf ihn, die Sally, seine Assistentin, vorbereitet hatte. Das tat sie immer, wenn er zu Hause war und nicht auf Tour. Sally hatte vegetarisches Curry mit Pilau-Reis zubereitet. Ein paar Proteine wären nicht übel gewesen, ärgerte sich Harry, entschloss sich aber, es Sally gegenüber nicht zu erwähnen. Er sah zu, wie sich das Essen in der Mikrowelle drehte, und wartete auf das »Ping!«. Als er den Teller herausholte, verbrannte er sich die Finger und fluchte laut. Dann trug er ihn mit einem Geschirrtuch ins Wohnzimmer. Außer Sofa und Couchtisch gab es in diesem großen Raum nur noch eine Stereoanlage und eine kleine Auswahl seiner Plattensammlung. An den Wänden hingen Jazzplakate. Seine Bücher waren im ehemaligen Esszimmer untergebracht, einem fensterlosen, bunkerartigen Raum. Harrys Bibliothek. Geschaffen für jemanden, der viel Zeit allein verbrachte. Als Harry zum Kühlschrank ging, um sich eine Dose Diet-Coke zu holen, überlegte er, welches Album er hören sollte. Immerhin war es ein besonderer Abend: das Ende der Tournee. Außerdem der Auftakt dessen, was Harry am meisten fürchtete: drei Monate ohne Auftritte. Seine Band hatte eine Pause verlangt, und Harry hatte keinen angemessenen Ersatz finden können. Sally war der Meinung, dass er sich endlich wieder einmal länger in Los Angeles aufhalten solle. Sie drängte ihn zu einem Treffen mit seinem Agenten, der mehrere Werbeauftritte für ihn organisiert hatte. Außerdem musste sein Vertrag mit den Leuten von *Elysium* erneuert werden.

Seit zwei Jahren lieh Harry seine Stimme den

Werbespots von *Elysium*, einer Modellreihe von Familienfahrzeugen mit Hybridantrieb. Der Hersteller, ein südkoreanischer Autobauer, war außerordentlich zufrieden mit seiner Arbeit und wollte ihn häufiger einsetzen. Er sollte in den Spots auftreten und Saxophon spielen. Harry hatte nichts gegen Werbung. Werbejobs halfen ihm, sich finanziell abzusichern. Einige seiner Fans warfen ihm den moralischen Ausverkauf vor, aber das war naiv. Harry kannte viele bedeutende Jazzmusiker, die von der Stütze lebten, weil sie nach ihren endlosen Tourneen ausgebrannt waren. Nicht zuletzt Dylan Nay, eine Legende der Chicagoer Jazzszene und, wie Harry fand, einer der begnadetsten Jazzpianisten, die diesem Planeten je vergönnt gewesen waren. Harry hatte ihn zuletzt auf einer Bank in Venice Beach sitzen sehen, neben sich eine Dose mit zerknitterten Dollarscheinen. Er erkannte ihn an der Adlernase und den kantigen Wangenknochen. Früher hatte Nay großen Wert auf Eleganz gelegt. Der auf der Bank sitzende Mann trug schmutzige Kleider. Seine Augen waren erloschen. Er war zu einem jener Typen mutiert, die Kindern Angst einjagten. Harry hatte Nay einen Fünfzig-Dollar-Schein zugesteckt und sich wieder einmal geschworen, dass ihm ein solches Schicksal niemals widerfahren würde. Vor vielen Jahren hatte er in seiner Naivität einen Vertrag unterschrieben, der ihn um den steten Strom dessen brachte, was »The American Dream« an Einkünften abwarf. Seitdem wusste Harry: Im Musikgeschäft war der Purismus ein Luxus, den er sich nicht leisten konnte.

Harry überlegte kurz, ob er eine von Nays Platten auflegen sollte, aber am Ende entschied er sich für »Coltrane – Live at the Village«. Ein lautes und durchgeknalltes Album, nichts für Leute mit schwachen Nerven. Jazz, der rasant und mit voller Wucht unter die Haut ging. So ähnlich stellte sich Harry die Wirkung von Heroin vor. Die nächsten drei Monate würden ihn unweigerlich in eine Depression stürzen. Er hätte ebenso gut zu drei Monaten Gefängnis verurteilt worden sein können. Aber dieses Mal würde er sich der Herausforderung stellen. Er würde die vor ihm liegenden drei Monate der Niedergeschlagenheit mit Coltrane beginnen – dem genauen Gegenteil von Gejammer.

*

Harry fuhr aus dem Schlaf. Er glaubte, etwas gehört zu haben, und griff nach dem Baseballschläger, der am Kopfende seines Bettes lehnte. Doch als er in die Dunkelheit horchte, war alles still. Ein Auto fuhr vorbei. Harry richtete sich auf, den Schläger in der Hand. Er hatte nackt geschlafen, es war eine ungewöhnlich warme Dezembernacht. Er hätte die Klimaanlage einschalten können, aber das tat er nie. Es wäre ihm wie Betrug vorgekommen.

Mit dem Baseballschläger in der Hand ging Harry durch den Flur ins Wohnzimmer. Er kam nicht auf den Gedanken, sich etwas überzustreifen. Kleider schützten nicht. Schutz boten allein seine Muskeln, die er am besten nackt spürte. Er horchte angestrengt. Im Haus war alles still. Harry durchquerte das Wohnzimmer und stieß die zum Balkon führenden Metalltüren auf. Er hatte die alten Flügeltüren ersetzen lassen. Es wäre ein Leichtes gewesen, die Glasscheiben mit einem einigermaßen großen Stein einzuwerfen. Zwar erhitzten sich die Metalltüren in der Mittagssonne dermaßen, dass man sich die Finger daran verbrannte, aber sie schützten ihn.

Als Harry auf den Balkon trat, spürte er eine kühle Brise auf der Haut und fröstelte. Harry mochte das Dunkel. Geborgen im Dunkeln vergaß er, dass es dort draußen eine Welt gab, die täglich Forderungen an ihn stellte. Im Dunkeln fühlte er sich vollständig. Das Dunkel gab ihm Raum zum Denken. Vielleicht hatte Sally Recht. Vielleicht hatte er tatsächlich eine Pause nötig.

Er ließ seine Schultern kreisen. Der letzte Workout hatte einen leisen Schmerz in seinem Oberkörper hinterlassen, den er durchaus genoss. Ihm fiel auf, dass im Wohnzimmer des Hauses am Electra Drive immer noch Licht brannte. Vielleicht lag es an der prickelnden Brise, dass er sich auf einmal leicht fühlte, vielleicht an der Nachwirkung von Coltranes furioser

Musik. Er legte den Baseballschläger nieder und griff nach dem Fernglas.

Ihr Haar war lang und strömte wie eine Welle aus dunklem Gold über ihre Schultern, als sie durch das Wohnzimmer ging. Bis auf die Champagnerschale in der Hand war sie nackt. Sie hatte jungenhaft schmale Hüften und bewegte sich mit der Geschmeidigkeit einer Katze. Als sie den Kamin erreichte, drehte sie sich um, und Harry konnte ihre Brüste sehen. Sie waren klein und makellos geformt. So köstlich, dass ihr einziger Daseinsgrund darin zu bestehen schien, von einem Mann, der so hungrig war wie Harry, liebkost und verspeist zu werden. Sie schmückten ihren straffen Körper wie Edelsteine und bildeten mit dem kleinen Büschel blonder Locken über ihrer Vulva ein auf der Spitze stehendes Dreieck. Schamhaare hatte Harry seit einer Ewigkeit nicht mehr gesehen. Die Frauen, denen er in den letzten Jahren begegnet war, waren rasiert gewesen und ihm dadurch so kindlich erschienen, dass er sich bei ihrem Anblick schmutzig gefühlt hatte. Dieses herrliche Geschöpf gab nicht vor, noch ein Kind zu sein.

Harry hob das Fernglas und sah ihre zartgliedrigen Finger, die auf jemanden zeigten, den er nicht sehen konnte. Er richtete das Fernglas erst auf ihre Schultern, nachdem sie die Champagnerschale auf den Kaminsims gestellt hatte. Sein Blick streichelte ihren Hals, erst dann wagte er sich weiter hinauf. Ihm wurde bewusst, dass er ihrem Gesicht bisher ausgewichen war, weil er befürchtet hatte, dass es ihn enttäuschen und ihrem makellosen Körper nicht gerecht werden könnte. Er wusste genau, dass ein Gesicht, das auf Dummheit oder Gehässigkeit schließen ließ, seinem Abenteuer sofort ein Ende gesetzt hätte. Das galt auch für den Fall, dass sie sich als eines dieser Hollywood-Schlampen mit aufgeblasenen Lippen und versteinerter Stirn entpuppt hätte – Gesichter, die nur erschaffen worden waren, um mit den Gefühlen der Männer zu pokern, sie auszunehmen und den Anwälten zum Fraß vorzuwerfen. Harry zögerte. Und dann erkannte er sie.

Harrys Atem stockte. Wie konnte ihm das Leben einen so herrlichen Streich spielen? Für einen Moment fühlte er sich schwerelos. Im Laufe des Abends war ihm der Klang ihrer Stimme mehrmals in den Sinn gekommen. Und er war dankbar für die noch nicht verblasste Erinnerung an die unbekannte Schönheit auf dem finsteren Parkplatz des *Mamasita's*. Er hatte sich ihr Bild nicht weiter ausgemalt. Sinnlos, sich mit etwas zu quälen, das unwiederbringlich verloren war. Doch nun kreuzten sich ihre Wege noch einmal. Ein wundervolles, vollkommen unerwartetes Geschenk.

Harry blieb keine Zeit, über die Bedeutung dieses Zufalls nachzudenken. Das Lächeln, das sich auf dem Gesicht der jungen Frau ausbreitete, brachte ihn aus der Fassung. Herzförmig geschwungene Lippen enthüllten glänzend weiße Zähne. Die hohen Wangenknochen waren von Sommersprossen bedeckt. Harry konnte die Farbe ihrer Augen nicht ausmachen, aber sie lachten und tanzten. Ihr Gesicht war von einer Offenheit und Güte, dass sich Harry darin verlieren wollte. Genauso warm und sanft wie ihre Stimme.

Plötzlich erstarb ihr Lächeln. Harry war beunruhigt. Was auch immer ihr Lächeln hatte erlöschen lassen, es sollte verschwinden. Erst als sie den Mund leicht öffnete und ihre Schulter rhythmisch bewegte, ahnte er den Grund. Er ließ das Fernglas über ihren Körper hinabgleiten. Sie masturbierte – den Blick noch immer auf die unsichtbare Person gerichtet. Das Gift schoss in seine Lenden und überwältigte ihn. Er kam innerhalb von Sekunden. Im Augenblick des Orgasmus' ließ er das Fernglas sinken, um sich auf dem Geländer abzustützen. Sobald er sich unter Kontrolle hatte, setzte er das Fernglas wieder an. Der Erleichterung folgte Enttäuschung. Der Platz vor dem Kaminsims war leer, die Frau verschwunden.

03

Sally hatte den ganzen Tag geschmollt. Im Frühjahr hatte der Besitzer eines Clubs in einem gottverlassenen Kaff im australischen Busch Harry nach seinem Auftritt ein wunderschönes Didgeridoo überreicht. Keine der Tröten, die man Touristen andrehte, sondern ein prachtvolles, reich verziertes und für einen geübten Musiker gedachtes Instrument. Harry ließ es nach Los Angeles verschiffen, und es war an diesem Morgen im Postamt eingetroffen, wo Sally es auf dem Weg zur Arbeit abgeholt hatte.

Sally, deren Büro im Souterrain neben dem von Harry lag, hatte das Paket ausgepackt, das Didgeridoo entzückt an sich gedrückt und gerufen: »Meine Mutter wünscht sich schon lange eines!« Harry hätte das Instrument gern zur Hand genommen und es ausprobiert, aber Sally hielt es fest in ihren Armen. Harry wollte nicht unhöflich sein.

»Deine Mutter spielt Didgeridoo?«

»Nein!«, erwiderte Sally, die immer noch die Schnitzereien bewunderte, die dieses auserlesene Stück Handwerkskunst vom anderen Ende der Welt verzierten. »Aber sie würde sich gern eins ins Wohnzimmer hängen. Ich habe dir doch erzählt, dass sie eine Zeitlang in Australien war. Sie hat es immer bereut, kein Didgeridoo mitgebracht zu haben.«

Harry schwieg einen Augenblick. Dann fragte er höflich, aber mit gereiztem Unterton: »Gibst du es mir jetzt bitte?« Ohne Sally in die Augen zu schauen, nahm er das Didgeridoo an sich und verschwand in sein Büro. Er setzte sich und betrachtete das Instrument auf seinem Schoß. Sein Atem beruhigte sich. Er würde nicht zulassen, dass dieses einzigartige Stück als hölzerne Trophäe in irgendeinem kleinbürgerlichen Wohnzimmer endete. Es gehörte ihm. Er konnte damit tun und lassen, was er wollte.

Sally war nicht gerade erfreut, als er ihr mitteilte, dass er das Didgeridoo einem Künstler schenken würde, den er aus der Jazzszene kannte. Jemand, der sich mit Weltmusik beschäftigte und Instrumente aus vielerlei Kulturen in seine Auftritte einbaute. Ziemlich irres Zeug. Ein hervorragender Musiker, der das Didgeridoo sinnvoll nutzen würde.

Sally wollte davon nichts hören. »Du bist so egoistisch! Du denkst immer nur an dich! Du verschwendest keinen Gedanken an andere Menschen!«, rief sie mit überschnappender Stimme. Harry hätte sie gern daran erinnert, dass er Musiker war. Er liebte Musik. Musik war sein Leben. In seinen Augen war es Blasphemie, ein so herrliches Instrument als Staubfänger an die Wand zu hängen. Nein, dieses Instrument verlangte danach, Töne hervorzubringen. Harry würde ihm helfen, seine Bestimmung zu erfüllen. All das hatte er Sally sagen wollen, aber er brachte kein Wort heraus. Seine Enttäuschung war zu groß. Sally arbeitete nun seit fünfzehn Jahren für ihn. Hielt die Stellung, wenn er auf Tournee war. Er betrachtete sie als Freundin. Seine einzige Freundin. Umso mehr verstörte es ihn, dass sie nach all der Zeit immer noch nicht wusste, was in ihm vorging. Er wandte sich ab und kehrte an seinen Schreibtisch zurück. Er hatte sich entschieden. Wenn er jetzt etwas gesagt hätte, egal was, hätte das ihre Freundschaft noch mehr beschädigt. Während des restlichen Tages arbeiteten beide schweigend vor sich hin.

Harry beschloss, eine Runde durch den Canyon zu drehen, bevor Sally ihren Arbeitstag beendete. Er konnte sich nicht dazu überwinden, sich von ihr zu verabschieden. Stattdessen stand er vom Schreibtisch auf, zog seine Militärstiefel an und verließ wortlos das Haus.

Er hoffte, dass Sally übers Wochenende zur Besinnung kommen würde. Seit einer knappen Woche befand er sich wieder in Los Angeles und hatte seine Tournee mit dem gestrigen Auftritt im *Baked Potato Club* beschlossen. Sally sollte sich eigentlich freuen, dass er in die Stadt zurückgekehrt war. Sie klagte oft über seine langen Tourneen und behauptete, er würde vor etwas davonlaufen. Ihr Verhalten im Streit um das Didgeridoo brachte ihn auf den Gedanken, dass er vor ihr davonlief. Warum hatte er das Gefühl, ein Eindringling in seinem eigenen Leben zu sein? Harry war so sehr in quälende Gedanken versunken, dass er gar nicht bemerkte, wie er von seinem üblichen Weg über den Mount Olympus zum Oceanus abwich und in den Electra Drive abbog.

Die Erinnerung an die heimliche Ekstase der letzten Nacht ergriff Besitz von ihm. Der Mensch, der sein Verlangen ausgelöst hatte, befand sich nun ganz in der Nähe. Wie lange war es her, dass er sich so sehr nach einer Frau verzehrt hatte? Es war nur ein Moment gewesen, ein verstohlener und einseitiger dazu, aber er hatte kein so unbändiges Verlangen mehr gespürt, seit – er wusste es nicht. Genau genommen hatte er sich noch nie einer Frau vollkommen hingegeben, nie das Gefühl gehabt, jemandem all seine inneren Widersprüche anvertrauen zu können. Gut möglich, dass er letzte Nacht nur einen kurzen Anfall von Lust erfahren hatte, einen Hormonstoß, der seine Ängste vor der drohenden Leere gelindert hatte. Aber Harry konnte den Bann, in den ihn diese Frau geschlagen hatte, nicht einfach lösen. Nachdem er in der Nacht wieder zu Bett gegangen war, hatte er unaufhörlich an sie denken müssen. Und die quälende Schlaflosigkeit war ihm Beweis genug gewesen, dass er für die Unbekannte mehr empfand als nur Wollust.

*

Ein Karman-Ghia fuhr an ihm vorbei. Knallrot. Das braune Laub, das die Ahornbäume längs der Straße verloren hatten, wirbelte auf, als der Wagen in die sanft ansteigende Hauseinfahrt abbog. Harry verlangsamte seinen Schritt. Sein Herz tat das Gegenteil. Es vollführte in seiner Brust ein hämmerndes Stakkato.

Die Autotür öffnete sich und ein Sneaker kam zum Vorschein, gefolgt von einem langen, knabenhaften Bein, das in kurzen Shorts steckte. Dann sah er ihren honigblonden Haarschopf. Harry, wie betäubt, bemerkte nicht, dass er stehen geblieben war und sie anstarrte.

Sie trug ein marineblaues Sweatshirt, »A Kind of Blue«, dachte er –, und als sie sich umdrehte, um eine braune Papiertüte von der Rückbank zu nehmen, sah er, dass sie ungeschminkt war. Die Tüte stammte aus dem *Whole-Foods*-Supermarkt, in dem auch er einkaufte. Die kommenden drei Monate, vor denen er sich so sehr fürchtete, wurden plötzlich zu einer Verheißung. Sie würden unzählige Gelegenheiten für Zufallsbegegnungen bereithalten und die Möglichkeit, verstohlene Blicke ins Paradies zu werfen.

Ein wütendes »Fuck!« riss Harry aus seinem Tagtraum. Sekunden später kullerte ein gutes Dutzend Orangen über die Einfahrt. Die Papiertüte war gerissen. Als Harry sah, wie die leuchtenden Früchte im Dämmerlicht des späten Nachmittags auf ihn zurollten, wollte sein Herz zerspringen. Gleich würde er mit ihr sprechen. Er pries sein Glück und dankte dem Schicksal, denn er wusste, dass er sich ohne diesen Zufall nie getraut hätte, auf sie zuzugehen. Er bückte sich nach den Orangen.

»Machen Sie sich keine Mühe. Ich sammele sie auf, kein Problem«, hörte er sie sagen, und als er aufblickte, sah er, dass sie nur noch einen guten Meter von ihm entfernt war. Er hielt ihr lächelnd die Orangen hin.

»Hi ... ich heiße Harry. Ich wohne dort drüben.« Er nickte in Richtung seines Hauses, die Hände immer noch zu ihr ausgestreckt. Irgendetwas stimmte nicht. Sie bedankte sich zwar, wobei ihre Mundwinkel kurz nach oben zuckten, aber das war nur die mechanische Imitation eines Lächelns. Harry nahm einen neuen Anlauf.

»Ich habe gesehen, dass Sie gerade eingezogen sind. Ist ein nettes Viertel.«

»Ja ... scheint so«, erwiderte sie und bückte sich, um die übrigen Orangen in eine andere Einkaufstüte zu legen. Die Orangen, die Harry ihr hinhielt, hatte sie noch immer nicht an sich genommen. Harry stand verlegen da. Schließlich bückte er sich und legte die Orangen in die Papiertüte.

»Oh! Vielen Dank. Wirklich nett«, sagte sie, aber ihre Worte klangen nicht aufrichtig. Harry kam sich lächerlich vor.

»Mona? Alles klar?«, rief ein Mann dröhnend laut und mit unverkennbar französischem Akzent. Harry konnte ihn nicht sehen.

»Ja, Baby! Bin gleich da!« Sie richtete sich auf, die Tüte gegen ihre Brust gedrückt. »Nochmals vielen

Dank ... Bitte verzeihen Sie, aber ich bin in Eile ... trotzdem, schön, Sie kennengelernt zu haben!«

»Ja, freut mich auch«, erwiderte Harry. Er hatte diese Worte noch nicht ganz ausgesprochen, da hatte sie schon kehrt gemacht und ging zum Haus.

Mona. Das war also ihr Name. Nicht, dass dies von Bedeutung gewesen wäre. Harry war ihr ganz offensichtlich egal. Die Herzlichkeit, die er an ihr wahrgenommen hatte, übertrug sie nicht auf ihn. Seine Person – sie wusste offenbar nicht, wer er war – schien sie nicht zu interessieren, geschweige denn anzuziehen. Im Gegenteil. Er hatte den Eindruck, dass sie ihn abstoßend fand. Harry ging weiter. Seine Erregung verflog, sein Traum war vernichtet.

Die Enttäuschung wog schwerer als erwartet. Das Rattern in seinem Kopf war ohrenbetäubend. »Reiß dich zusammen«, ermahnte er sich. Alles war wie gehabt. Er hatte sich während der letzten knapp vierundzwanzig Stunden absolut lächerlich aufgeführt. Aber das wusste nur er. Niemand war Zeuge seiner Erniedrigung geworden. Alles halb so wild. Zurück auf null. Er musste die Sache vergessen.

Als die Dunkelheit über den Canyon hereinbrach, hatte Harry wieder den Mount Olympus erreicht. Sally war bereits gegangen. Noch immer aufgewühlt, beschloss er, seine Gefährtinnen im Keller zu besuchen.

Sie beruhigten ihn genau wie früher, als er zu ihnen in die Zoohandlung von Mr. McCanny flüchtete.

*

Die Zoohandlung in der Milwaukee Avenue hatte sich zwischen einem Friseur und einem Reparaturbetrieb für Golfschläger befunden. Damals kannte Harry niemanden, der einen Golfschläger besaß – daran hatte sich bis heute nicht viel geändert. Als er im Schaufenster der Zoohandlung das Schild »Aushilfe gesucht« gesehen hatte, war er unverzüglich eingetreten. Mr. McCanny, der Eigentümer, gehörte nicht unbedingt zu den beliebten Typen. Offenbar erkannte er in dem jungen Bewerber einen Seelenverwandten, denn Harry bekam den Job auf Anhieb. Gleich am zweiten Tag schickte Mr. McCanny ihn hinauf, um die »Terrarien zu säubern«. Weitere Anweisungen gab es nicht. Harry ahnte nicht, dass ihn dort Kreaturen erwarteten, die sein Leben verändern würden. Schlangen sollten seine Leidenschaft werden, seine stummen Gefährtinnen, seine Zuflucht. Egal, welche Verletzungen er in Zukunft erfahren sollte, Harry würde sich zu den Schlangen setzen und sich von ihrer unergründlichen Schönheit besänftigen lassen.

Als Harry seine erste Tournee angeboten bekam und er Chicago am Tag seines achtzehnten Geburtstags verließ, musste er die Schlangen zurücklassen. In dem schrottreifen Bus, in dem er mit einer Rotte Dope rauchender Idioten unterwegs war, die sich für Jazzmusiker hielten, war kein Platz für Schlangen. Dabei wäre es für ihn eine große Erleichterung gewesen, einen makellosen Schlangenkörper an seiner Seite zu wissen und diesen berühren zu können, wann immer er Trost brauchte. An den unzähligen Abenden, an denen er sich anhören musste, wie die anderen davon schwafelten, high oder gefickt zu werden oder beides auf einmal, wünschte er sich ihre Nähe herbei, aber er hatte einen anderen Begleiter dabei: sein Saxophon. Es war ebenso elegant geschwungen. Wenn er es spielte, fühlte er sich genauso geborgen wie damals, im Obergeschoss von Mr. McCannys Zoohandlung. Genauso geborgen wie jetzt in seinem Schlangenkeller.

*

Chuck, der sich während Harrys Abwesenheit um die Tiere kümmerte, war nicht gekommen. Sie waren hungrig. Er holte ein halbes Dutzend tiefgefrorener Mäuse aus dem Eisfach. Für Larry, die Python, hielt er immer ein paar lebende Mäuse in einem Käfig. Die Schlange sollte ihren Spaß haben, und er sah ihr gern beim Fressen zu. Aber Chuck hatte versäumt, für Nachschub zu sorgen. Larry würde also noch eine

Weile hungern müssen. Wie immer besänftigte ihn ihr Anblick. Sie riefen ihm in Erinnerung, wie schön die Selbstgenügsamkeit war. Schlangen erwarteten keine Herzlichkeit. Und deshalb machten sich Schlangen auch nicht lächerlich. Ihrem Beispiel folgend, hatte auch Harry die Kunst perfektioniert, anspruchslos zu leben. Ja, er hatte sich einen Ausrutscher erlaubt. Aber es war nichts geschehen, was er nicht wieder in Ordnung bringen konnte.

Nachdem Harry die Schlangen gefüttert hatte, trainierte er. Eine Stunde auf dem Laufband, eine Stunde Gewichtheben. Er konzentrierte sich auf Schultern und Brust, weil er sich am nächsten Tag die Bauchmuskeln vornehmen wollte. Erst als das Stechen zu heftig wurde und er die Gewichte nicht mehr greifen konnte, hörte er auf. Als er am Ende des Trainings in den Spiegel sah, war er davon überzeugt, das ausgelöscht zu haben, was ihn kleinhalten wollte. Harry trainierte nicht aus Eitelkeit. Für Harry war das Muskeltraining eine Möglichkeit, sich zu vervollständigen. Das zu sein, was er sein wollte. Sich zu vergegenwärtigen, dass alles Wertvolle eines Opfers bedurfte. Als er schließlich schwitzend und so ausgepumpt dasaß, dass er sich kaum noch rühren konnte, hatte er endlich wieder das Gefühl, ganz und gar er selbst zu sein.

Harry beschloss, sich mit einem Abendessen im *Sushi-Town* am Sunset Boulevard zu belohnen.

»Hi, Harry! Sie sind wieder da, wie schön!«, begrüßte ihn die Besitzerin des Restaurants.

»Danke, Yoko! Auf Ihr Lächeln hab ich mich schon seit Wochen gefreut. Sie sehen fantastisch aus, das Kleid steht Ihnen wirklich gut!« Anstatt zu antworten kicherte sie wie ein junges Mädchen und führte Harry zu seinem Stammplatz hinten im Restaurant. Hier konnte er jeden Blickkontakt vermeiden und stattdessen das riesige Aquarium betrachten, das die gesamte Rückwand einnahm. Das *Sushi-Town* war einer der wenigen öffentlichen Orte, an denen er essen mochte.

Während Harry an seiner Diet-Coke nippte, sah er den Fischen zu, die durch die saphirblaue Welt des Aquariums schwammen. Nach einer Weile entdeckte er eine seltsame weiße Schliere. Sie trieb auf die Glasscheibe zu und wurde dabei immer sehniger und länger. Im Schein des im Aquarium erstrahlenden Lichts leuchtete sie fahl. Harry hatte so etwas noch nie gesehen. Er saß da und wunderte sich über dieses sonderbare Ding. Erst als er ein kleines, halbrundes Etwas am Ende der Schliere entdeckte, begriff er: Diese weiße, durch das Aquarium wabernde Masse gehörte zu einer kleinen Krabbe. Ihr Panzer war porös geworden und ihr Inneres quoll daraus hervor. Es war ein langsames Sterben, dem er hier beiwohnte. Eine Auflösung. In dem Moment, da Harry wusste, was er vor Augen hatte, schien sich der Raum hinter ihm auszudehnen und sich in eine riesige Halle zu verwandeln, in der er zwergenhaft klein auf einem Stuhl kauerte. Alles, was er hörte, war nunmehr das hohle Echo der Angst. Einer Angst, die er sich nicht erklären konnte. Er versuchte sich zu beruhigen. Sagte sich, dass es sich hierbei um einen völlig natürlichen Vorgang handelte. Aber die Selbstermahnung funktionierte nicht. Er sah nur das hässliche, langweilig weiße Zeug, das sich nun über die halbe Länge des Aquariums zog. Harry schluckte. Als ihm der Chefkoch einen Teller mit Thunfisch-Sashimi servierte, stand er wortlos auf, legte einen Fünfzig-Dollar-Schein auf den Tisch und verließ das Restaurant.

*

Während der folgenden Tage tat Harry alles, um nicht an Mona denken zu müssen. Er redete sich ein, dass sie nur eines der vielen Gesichter jener Depression war, die ihn nach jeder Tournee einholte. Da die Höhenflüge der abendlichen Auftritte fehlten, blieben ihm nur die Tiefpunkte. Diese Depression war nichts anderes als ein Entzug. Was er brauchte, war nicht Mona, sondern der Adrenalinschub auf der Bühne.

Dort sprach Harry oft über Alkohol und Drogen. Jede Sucht, so predigte er seinem Publikum, sei eine Flucht vor der Verantwortung für das eigene Leben. Keine noch so bewusstseinserweiternde Droge helfe einem dabei, das eigene Potenzial zu entfalten. Alkohol verrate einem nicht, was man auf dem Kasten habe. Harry ermutigte sein Publikum, sich auf das zu konzentrieren, was und wer man sein wolle. Sich durchzubeißen. Und genau das tat Harry jetzt. Er ging zu dem *Elysium*-Termin, den Sally für ihn arrangiert hatte, und gab sich größte Mühe, mit seinen Geschäftspartnern zu plaudern und einen guten Eindruck zu hinterlassen. Sie waren zu viert, und alle trugen teure Anzüge, alle waren durchtrainiert und hatten weiß gebleichte Zähne. Ihre Begeisterung hatte etwas Manisches. Sie schienen einem Propagandaplakat für das WASP-Supremat entsprungen zu sein. Einer von ihnen war offensichtlich koreanischer Herkunft, aber selbst er gab sich wie JFK auf Urlaub in den Hamptons.

Sie hatten sich im Restaurant des *Soho House'* im ehemaligen Penthouse des Lachmann-Gebäudes getroffen. Irgendwie hatte man es geschafft, einen kompletten Hain uralter Olivenbäume auf das Dach zu verpflanzen, was betörend surreal wirkte. Und auch der Blick auf die Lichter der Stadt war beeindruckend. Doch als Harry einen zum Rap-Star mutierten Zuhälter erblickte, der mit seinem gelifteten Agenten ein wildes Schulterklopfen inszenierte, schlug seine Laune um. Am liebsten wäre er sofort aufgesprungen und gegangen. Das hier war nicht sein Laden. Es war ein Fleischmarkt der Eitelkeiten. Überall Filmproduzenten, deren

Augen an überquellende Aschenbecher erinnerten. Der Austausch von Ego-Geräuschen erschien ihm hier besonders widerwärtig. Situationen, in denen es darum ging, sich zu verkaufen, in denen sein Charme und sein Marktwert auf dem Prüfstein standen, waren Harry ein Grauen. Auf der Bühne vermochte er sich in Szene zu setzen, doch bei Geschäftsterminen, die ihn zwangen, sich mit mehreren Menschen gleichzeitig zu unterhalten, geriet er ins Schleudern. Er musste all seine Kraft und Konzentration aufbringen, um jener Harry Cubs zu sein, den man erwartete: selbstbewusst, meinungsstark und gelegentlich witzig.

Nach dem Meeting fühlte sich Harry so ausgelaugt, dass er nicht mehr trainieren konnte. Er verzog sich in den Keller zu seinen Schlangen. Saxophon zu spielen hätte ihn womöglich ebenso beruhigt, aber dieser Gedanke streifte ihn nur kurz. Wenn Harry spielte, tat er das, um sich gemeinsam mit einem anonymen Publikum in seinen Gedanken zu verlaufen. Ein Vorhaben, das zum Scheitern verurteilt war, sobald er Namen für die Gesichter in der Menge hatte. Es war die Intimität mit Fremden, die er suchte.

Nach den Konzerten musste er sich manchmal mit Vertretern der Plattenfirma, Promotern oder Musikjournalisten treffen. Meist nach größeren Auftritten an Orten wie dem *Village Vanguard* in New York oder dem *100 Club* in London. Auf diesen »Meet and Greets«

servierte man mit verlässlicher Sicherheit uringelben Chardonnay. Die Agenten, Promoter und Journalisten waren Harry schon widerwärtig genug, aber der Alkohol machte alles noch unerträglicher, steigerte den Lautstärkepegel ihrer Stimmen von schrill auf ohrenbetäubend und sorgte dafür, dass sich das Gebot der ausreichenden körperlichen Distanz aufhob. Alle suchten Harry Cubs Nähe, demonstrierten Freundschaft, legten einen Arme um ihn, klopften ihm kumpelhaft auf die Schulter. »Wank and Thank« nannte Harry diese Anlässe, und er fühlte sich hinterher stets wie eine Hure. Das Meeting mit den Leuten von *Elysium* gab ihm auch kein besseres Gefühl, aber er wurde wenigstens durch die Aussicht auf einen anständigen finanziellen Gewinn entschädigt. Wenn er sich schon verkaufen musste, dann ganz sicher nicht als Stricher, sondern als Luxus-Escort.

Was Sally betraf, so war bei ihrer Rückkehr ins Büro alles wieder im Lot. Sie war die Freundlichkeit in Person, und das Didgeridoo wurde nicht mehr erwähnt. Beide arbeiteten friedlich vor sich hin und schickten einander mit Emoticons garnierte E-Mails. Die Nächte waren mühsamer. Harry musste sich zusammenreißen, um nicht auf den Balkon zu gehen und das Fernglas hervorzuholen. Die Hitze legte sich wie eine Betonplatte auf seinen Körper. Schlaflosigkeit zermürbte ihn. Und immer wieder der Gedanke an Mona. Als er sein körperliches Verlangen nicht mehr ignorieren konnte, versuchte er, an die sich auflösende Krabbe zu denken. Als auch diese Vorstellung das Bild von Mona nicht zu verdrängen vermochte, kam ihm plötzlich eine Frau in den Sinn, mit der er in Alabama geschlafen hatte.

Oft warteten Frauen vor dem Tourbus, und sie war eine davon gewesen. Normalerweise legte Harry Wert darauf, diesen Versuchungen nicht zu erliegen. Er wollte nicht mit Frauen vögeln, für die er nichts empfand und die er nie wiedersehen würde. Anders als bei seinen Auftritten ging es ihm beim Sex um Nähe, und auf die Nähe zu namenlosen Groupies legte er keinen Wert. Er war nicht daran interessiert, ihre Fantasien von Harry Cubs zu erfüllen.

Aber diese Frau hatte seine Aufmerksamkeit erregt. Ihr übergewichtiger, formloser Körper umhüllte sie wie ein gewaltiger Wattebausch. Sie war die Personifizierung all dessen, gegen das Harry tagtäglich ankämpfte. Doch da waren ihre Augen: Ein aufmerksamer Blick, der genau die Klarheit ausstrahlte, nach der Harry in sich selbst suchte. Er konnte nicht anders. Er begleitete die Frau in ihre Wohnung, ein ästhetisches Vakuum in Beige, das sie sich mit ihrer Katze teilte. Sobald sie eingetreten waren, packte er ihren unförmigen Körper von hinten, zog ihren Rock hoch und fickte sie. Er griff nach ihren immensen Brüsten, durchwühlte ihre Täler und Tiefen nach dem Funken, der ihre Augen aufleuchten ließ. Gleichzeitig fand er den Gedanken befriedigend, dass er wahrscheinlich nie fündig werden würde. Und als er die Wohnung der Frau verließ, erfüllte ihn ein unsagbares Wohlbehagen.

04

Harry war es gelungen, Mona zu vergessen, als er zwei Tage später – oder drei, sein Zeitgefühl kam ihm immer häufiger abhanden – bei *Whole Foods* einkaufte. Sein Bewusstsein hatte sein Verlangen so stark gezügelt, dass sie ihm selbst dann nicht in den Sinn kam, als er vor dem Laden parkte und sich einen Einkaufswagen holte. Harry versuchte, sich jenseits der Bühne dem Alltag zu stellen. Ab und an kam eine Putzfrau, aber um seine Wäsche und die Einkäufe kümmerte er sich selbst. Für ihn war das eine Frage des Prinzips.

Harry schob den Wagen an einem langen Regal mit Cornflakes vorbei und dachte darüber nach, wie verrückt es war, dass all diese Cornflakes unter so vielen verschiedenen Namen verkauft wurden, obwohl sie alle gleich schmeckten. Plötzlich hörte er ihre Stimme.

»Nein, nicht noch eine! Wir haben schon vier verschiedene Sorten. Wer soll das alles essen, Baby?« Sie hatte ihre Haare zu einem Pferdeschwanz gebunden und trug einen Fetzen von Minirock, dazu Stiefel mit Schnallen. Harry konnte nur den Rücken des Mannes sehen, mit dem sie redete. Er war groß und hatte graue Haare. Mit der Jeans und dem ausgewaschenen Sweatshirt machte er auf jung, aber seiner Haarfarbe und den Falten seines gebräunten Halses nach zu urteilen, war er gut dreißig Jahre älter als sie. Er küsste Mona auf den Mund und warf die Packung in den Wagen.

Harry erstarrte. Einen Moment lang wusste er nicht, was er tun sollte. Den Einkaufswagen wenden und in die entgegengesetzte Richtung verschwinden? Nein, das wäre zu demütigend gewesen, besser, es gleich hier bei den Cornflakes abzuhaken, als ihnen später an der Käsetheke zu begegnen. Harry drückte die Schultern durch und streckte die Brust heraus. Dann ging er weiter. Er hatte sie gerade passiert und empfand Erleichterung, weil er es ohne Stolpern bis zu den Haferflocken geschafft hatte.

»Harry? Harry Cubs?« Sein Vorsatz, Mona zu vergessen und ihr aus dem Weg zu gehen war dahin, und er war gezwungen, sie anzusehen. Er drehte sich um, schneller, als ihm lieb war.

»Ja?«, fragte er so beherrscht wie möglich.

»Entschuldigen Sie, aber ich ... wir sind uns vor ein paar Tagen begegnet. Wissen Sie noch? Wir sind Ihre neuen Nachbarn. Tut mir leid, dass ich so hektisch war. Und ich habe mich nicht einmal richtig vorgestellt. Ich heiße Mona ... Mona Berenbaum.«

Harry stand da und rang um Fassung. Er nahm beiläufig war, dass ein Lächeln über sein Gesicht glitt. Alles an ihr strahlte. Aber da war noch etwas anderes. Ein Sexappeal, der von jedem Teil ihres Körpers auszugehen schien, gepaart mit einer Leichtigkeit und Verspieltheit, die nur bei Frauen anzutreffen war, die als Mädchen keine schlechten Erfahrungen gemacht hatten. Er schätzte sie auf dreißig. Eine Frau im Zenit ihrer Schönheit. Für Harry war es unmöglich, sie sich mit diesem alten Mann, den sie »Baby« nannte, im Bett vorzustellen.

Er riss seinen Blick von Mona los und betrachtete ihren Begleiter. Nach geltenden Maßstäben war er gutaussehend, das musste Harry zugeben. Ein braungebranntes Alphatier auf Urlaub und dennoch in Lauerstellung. Seine Augenringe, die aufgedunsenen Wangen, die steilen Furchen zwischen den Augenbrauen und an den Mundwinkeln, dazu der silbergraue Dreitagebart zeugten von einem ausschweifenden Leben, und das wohl schon lange vor Monas Geburt. Welchen Erfolg dieser Mann auch gehabt haben mochte, er verdankte ihn ganz offensichtlich einem erheblichen Ausmaß an Selbstmedikation.

»Oh, bitte verzeihen Sie – dies ist mein Mann, Serge Berenbaum.« Er streckte Harry die Hand auf eine Art hin, wie es nur Europäer tun.

»Freut mich …«, knurrte er mit einem schweren französischen Akzent.

»Harry Cubs«, erwiderte Harry.

»Sie sind der Jazzmusiker, nicht wahr?«

»Richtig.« Harry hatte keine Lust auf ein Gespräch mit diesem Mann. Er kämpfte mit der Erkenntnis, dass Mona mit jemandem verheiratet war, den man in Europa als Rentner bezeichnet würde. Was vermutlich der Grund für seinen Umzug nach Los Angeles gewesen war. Wenn es einen Ort auf der Welt gab, an dem es vollkommen normal war, dass ein Greis eine junge Blondine heiratete, dann Hollywood. Aber warum Mona? Sie war eindeutig nicht der Typ Frau, der Männer ausnahm. Verbarg sich da etwas hinter ihrem Strahlen, das er nicht erkennen konnte?

»Sie sind also aus Europa hierher gezogen?«, fragte Harry schließlich, ohne Mona aus den Augen zu lassen. Er hatte keine Lust, diesem Serge durch seinen Blick zu signalisieren, dass er ihn zu seiner Frau beglückwünschte.

»Serge führt Regie bei einem Film. Deshalb werden wir während der kommenden sechs Monate hier sein.«

»Aha ...« Er war also Filmregisseur. Eines dieser faschistischen Arschlöcher, die den Drang hatten, ihr Ego dem Rest der Welt in Gestalt von Trivialitäten aufzudrängen, die zweistellige Millionenbeträge oder auch mehr verschlangen. Ein obszöner Beruf.

»Tja, ist ein angenehmes Viertel. Mit einem stark ausgeprägten Gemeinschaftssinn«, brachte Harry hervor.

Berenbaum schien das Bedürfnis zu haben, einzugreifen und die Kontrolle über das Gespräch zu übernehmen.

»Ist uns eine Ehre, eine solche Legende zum Nachbarn zu haben. Selbst ich habe von Ihnen gehört, obwohl ich kein Jazzfan bin.«

»Oh, Baby, das stimmt doch gar nicht. Du magst Jazz ... du hörst gern Gershwin ...«, sagte Mona, und für diese Worte hätte Harry sie am liebsten geküsst. Sie hatte sich gerade auf seine Seite geschlagen!

»Nein, Baby. Gershwin ist leidenschaftlich und feurig. Ich meine echten Jazz, der, bei allem Respekt vor unserem Nachbarn, meiner Ansicht nach ...« – Berenbaum begann zu grinsen, als würde er sich auf seine eigene Pointe freuen – »... die denkbar beste Rache der Schwarzen an den Weißen ist.«

Berenbaums dröhnendes Lachen hallte durch den Supermarkt. Harry war überzeugt, dass sich die Leute nach ihnen umdrehten. Mona lächelte Harry entschuldigend an. Der Witz war ihr offenbar ebenso peinlich wie ihm.

»Entschuldigung. Verzeihung. Aber ich liebe diesen Witz ... Ich mache natürlich nur Spaß«, beteuerte Berenbaum und grinste Harry an.

»Keine Sorge«, erwiderte Harry. »Tja ...«, er drückte den Rücken durch und nickte beiden kurz zu, wobei er Mona ein Lächeln schenkte, »... freut mich, Sie beide kennengelernt zu haben. Herzlich willkommen in der Nachbarschaft.«

Nach der Begegnung bei *Whole Foods* fuhr Harry heim, legte das »Miles Davis Quintet 1965 – 68« auf und übersprang die Titel bis zu dem Stück »Agitation«. In der Hoffnung, dass Davis seinen inneren Aufruhr reflektieren würde, setzte er sich auf das Sofa und gab sich der Musik hin. Doch er fühlte sich nicht beruhigt, ganz im Gegenteil. Das Stück schien seine Ängste zu schüren. Was er im Supermarkt gesehen hatte, war ungeheuerlich. Mona im Bann dieses französischen Scheusals. Eines von sich selbst besessenen Vampirs, der Jugend und Schönheit aus einer Frau saugte, die ihm aufgrund ihres gütigen Wesens hilflos ausgeliefert war.

Gut möglich, dass er die Sache dramatisierte, aber die Machtverhältnisse waren ganz offensichtlich ungleich verteilt. In dieser Beziehung war Mona die Nackte und die Verletzliche. Sie war Serges Dominanz ausgeliefert. Harry hatte es mitansehen müssen. Es hatte sich vor seinen Augen abgespielt und einen verdammt ungesunden Eindruck hinterlassen.

Harry kannte das Ungesunde. Seit Jahrzehnten tourte er nun schon durch Amerika und sah die Probleme, mit denen sich seine Fans täglich auseinandersetzten. Er wusste genau, wovon er sprach, wenn er auf der Bühne seinem Unmut über gesellschaftliche Missstände Luft machte. Und dabei ging es ihm nicht um Parteipolitik, die in seinen Augen nichts mehr mit Inhalten und Idealen zu tun hatte, sondern nur noch um wirtschaftliche Interessen und Lobbyismus kreiste. Harry sprach von Rassismus, Sexismus, Gier, Kurzsichtigkeit, fehlendem Umweltbewusstsein. Er lebte in einem großartigen Land, das von Menschen klein gemacht wurde, deren Horizont nicht über ihre jeweilige Gewinnspanne hinausreichte. Sein kritisches Selbstverständnis als Amerikaner veranlasste europäische Intellektuelle manchmal zu der Vermutung, Harry wäre Sozialist.

Nichts war weiter von der Wahrheit entfernt. Er war der Ansicht, dass harte Arbeit belohnt werden sollte. Der Kapitalismus, so jedenfalls sah Harry die Sache, gab ihm die Freiheit, seinen Ansprüchen an sich selbst zu entsprechen und ermöglichte ihm ein Maximum an Kontrolle über seine persönliche Lebenssituation. Was ihm nicht passte, war der Katastrophen-Kapitalismus: Ökonomische Konzepte, die von Terrorismus, Kriegen und Finanzkrisen profitierten, Heuschrecken, die Firmen den Lebenssaft aussaugten. Diese Leichenfledderer waren verantwortlich dafür, dass Menschen ihren Job verloren und verzweifelten. Um das zu erkennen, musste man kein Sozialist sein. Es reichte der gesunde Menschenverstand. Und darauf setzte Harry. Das war die Botschaft, die er, je nach sozio-politischer Lage, während der letzten drei Jahrzehnte in immer neuen Versionen wiederholt hatte. Er wollte die Menschen ermutigen und ihnen zeigen, wie sie das Gefühl der Machtlosigkeit abschütteln konnten – indem sie ein Bewusstsein für ihren Körper entwickelten, sich weiterbildeten, Alkohol und Drogen mieden. Und nebenbei spielte er auch noch hochkarätigen Jazz. Seine Stimme sorgte dafür, dass ihre Stimme gehört wurde.

Seine Fans dankten es ihm. Sie schrieben ihm Briefe, in denen sie Harry davon erzählten, wie sie durch seine Musik ihre Traumata verarbeiten oder ihre Crystal-Meth-Sucht überwinden konnten. Sich als homosexuell outen oder den gewalttätigen Ehemann verlassen konnten. Harry wusste, dass er Menschen erreichte, die sonst nie im Leben Jazz gehört hätten. Vor allem aber hatten seine Auftritte – die Verkörperung von Harry Cubs – seinen Blick für das Krankhafte geschärft. Er spürte genau, wann Missbrauch, Ausbeutung und Ohnmacht im Spiel waren. Und seine Intuition trog ihn nicht. Im Electra Drive war etwas faul. Mona tat ihm furchtbar leid. Er würde ihr gern helfen.

»Alles okay mit dir?«, fragte Sally, die unvermittelt das Wohnzimmer betrat.

Er blickte auf. »Ja, Sally, alles okay. Sogar bestens. Wieso?«

»Hey, kein Grund, sich gleich angegriffen zu fühlen. War nur eine Frage. Du weißt doch, ich mag es nicht, dich während der Weihnachtstage allein zu lassen. Du könntest dich einsam fühlen«, antwortete Sally und setzte sich linkisch auf die Sofalehne.

Harry störte ihre Anwesenheit. Sie war während eines privaten Moments hereingeplatzt. Nach der langen Tournee, während der er seine Privatsphäre gegen einen Haufen ungewaschener Schwachköpfe hatte verteidigen müssen, legte er großen Wert darauf, Raum für sich und seine Gedanken zu haben. Es ärgerte ihn, dass Sally wieder einmal jegliches Feingefühl für seine Bedürfnisse vermissen ließ, obwohl sie sich so nahe standen. Er dachte an das Didgeridoo. Was sie unter Anteilnahme verstand, empfand Harry als Distanzlosigkeit. Er war frustriert und fühlte sich mit einem Mal einsam.

»Du weißt doch, dass ich kein Problem damit habe, allein zu sein. Und du weißt, dass ich Weihnachten hasse. Warum sprichst du die Sache überhaupt an?«

Sally rührte sich nicht. Sie war hartnäckig, das musste Harry ihr lassen. Vermutlich waren sie aus diesem Grund immer noch Freunde – jedenfalls bis vor drei Minuten.

»Ja, ich weiß, aber ich habe trotzdem etwas für dich.« Verlegen reichte sie ihm ein in Geschenkpapier eingewickeltes Päckchen. Harry riss es sofort auf.

»Nein, du musst warten, bis ...«, versuchte sie einzuwenden, aber Harry brachte sie mit einem Blick zum Verstummen.

»›Ovids Metamorphosen‹ ... übertragen von Ted Hughes. Ist das eine geheime Botschaft? Möchtest du, dass ich mich verändere?«

»Nein! Ich ... ich habe im Radio eine Besprechung des Buches gehört, und sie klang großartig, und ... und du hattest mal gesagt, dass du noch nicht so richtig den Zugang zu diesen antiken Geschichten gefunden hast und irgendwie ... also, ich glaube, dass es ziemlich gut ist, also mehr als gut ... naja, ich dachte, es könnte dir gefallen«, erklärte Sally verunsichert.

Harry tat es plötzlich leid, so unfreundlich gewesen zu sein. Sie meinte es gut. Trotzdem wäre es ihm lieber gewesen, wenn sie endlich gegangen wäre. Nach der Begegnung mit Mona und Serge im Supermarkt fehlte ihm die nötige Geduld, sich mit Sally auseinanderzusetzen. Was natürlich zugleich bedeutete, dass Serge nun auch schon sein Leben vergiftete. Das durfte Harry nicht zulassen. Das hatte Sally nicht verdient. Harrys Blick fiel auf eine frühe Schwarz-Weiß-Fotografie von Miles Davis, die von Robert W. Kelley stammte aus einer Zeit, als Davis noch nicht aussah wie ein Voodoo-Priester.

»Sally, hier ... ich hab leider kein Weihnachtsgeschenk für dich, aber das ist doch eins deiner Lieblingsfotos!« Harry hielt ihr das gerahmte Bild entgegen. Sally sah ihn entgeistert an.

»Nein wirklich Sally, ich möchte dir dieses Foto schenken. Ich weiß sehr zu schätzen, dass ich dir so absolut vertrauen kann. Auch wenn ich es nicht immer zeige. Ich weiß nicht, was ich ohne dich machen würde.« Harry bemühte sich, die richtigen Worte zu finden. Sicherlich hätte er es noch ein wenig herzlicher formulieren können. Sally schien jedoch zufrieden.

Sie seufzte und verzog das Gesicht, als müsse sie eine Träne unterdrücken. »Komm her, du ...«

Sie streckte die Arme aus. Harry schauderte vor der Umarmung. Er dachte mit Unmut an Serge, als er sich von Sally in die Arme schließen ließ.

»Und wo geht's jetzt hin?«, fragte Harry, um sich aus der Umarmung zu lösen.

»Morgen früh fliegen Clive und ich zu seiner Familie nach Minnesota. Und nach Weihnachten machen wir uns einen netten Urlaub in der Dominikanischen Republik ... dank meines Weihnachtsbonus!«

Harry erstarrte. Den hatte er völlig vergessen. Nun bereute er, ihr das Miles-Davis-Foto gegeben zu haben. Übertriebene Großzügigkeit hatte etwas Verzweifeltes. Aber jetzt war es zu spät.

»Und wann bist du zurück?« Harry wusste, dass sie unzählige Male darüber gesprochen hatten, konnte sich aber nicht daran erinnern.

»Am 11. Januar. Ich habe einen großen Zettel über deinen Computer gehängt.«

»Cool. Also dann ...« Erneut überwand er seinen Widerwillen und küsste sie flüchtig auf die Wange.

»Und du versprichst mir, du passt auf dich auf?«

»Versprochen.« Damit war Sally weg.

Seit er Chicago verlassen hatte, verbrachte Harry die Feiertage fast immer allein. Er war dreizehn gewesen, als er Weihnachten endgültig abgehakt hatte. Und zwar nach einem Besuch bei seinem Vater. Der Höhepunkt des ersten Feiertags war wie immer erreicht, wenn sein Vater und seine Stiefmutter sich mit

Whisky ins Koma gesoffen hatten und niedergestreckt auf dem Sofa lagen. Sein Vater sabberte, die Perücke seiner Stiefmutter war tief in die Stirn gerutscht. Und sein Stiefbruder Mikey stand schon im Türrahmen und wartete auf ihn.

Harry kehrte benommen nach Hause in die leere Wohnung zurück. Seine Mutter war mit einem ihrer Liebhaber unterwegs. Er setzte sich im Wohnzimmer vor die Stereoanlage und legte »Mulligan Meets Monk« auf. Während er dem Zusammenspiel des weißen irischen New Yorkers und dem verrückten schwarzen Genie lauschte, fasste Harry einen Entschluss: Er würde seinem Vater und seinem Stiefbruder zeigen, was ein »Nein« bedeutete. Er würde sie zwingen, ihm zuzuhören. Er würde dafür sorgen, dass sein Vater ihn nicht mehr mit seinen rassistischen Hasstiraden, seinen Vorurteilen und seinem kleingeistigen republikanischen Scheiß überhäufte. Und während Mulligan und Monk im Spiel miteinander verschmolzen und sich wieder voneinander lösten und draußen der Schnee zu braunem Matsch verklumpte, beschloss Harry, Jazzmusiker zu werden. Er würde auf der Bühne stehen, und alle würden ihm zuhören. Keine Beschimpfungen, keine Erniedrigungen, keine Übergriffe mehr. Alle Augen würden auf Harry gerichtet sein. Er würde die Kontrolle übernehmen. Und Mikey hätte keine Macht mehr über ihn, er würde nur noch zuschauen können, brennend vor Neid.

Als Harry einige Monate später wieder seinen Vater besuchte, setzte er sich gegen Mikey zur Wehr. Das brachte ihm ein blaues Auge und eine gebrochene Rippe ein – und seinem Stiefbruder die Erkenntnis, dass es keine gute Idee war, seinen Schwanz in Harrys Mund zu stecken.

*

In der Nacht zögerte Harry nicht, auf den Balkon zu gehen und das Fernglas zur Hand zu nehmen. Nachdem es dunkel geworden war, bezog er Stellung und ließ das Wohnzimmer im Electra Drive nicht mehr aus den Augen. Er war Harry Cubs. Er wusste, wann er gebraucht wurde.

Harry musste nicht lange warten. Mona trat in einer engen Jeans und einer weiten weißen Bluse vor den Kamin. Sie wirkte zerbrechlich. Als sie sich bückte, um ein Feuer zu entzünden, kam Serge mit einer Flasche Rotwein und zwei Gläsern hinzu. Die beiden ließen sich vor dem Feuer nieder und tranken Wein. Serge kehrte ihm den Rücken zu, aber zu seiner Freude konnte er Monas Gesicht sehen. Serge gestikulierte und trank mit großen Schlucken. Auch Mona leerte ihr Glas in wenigen Zügen. Sie schien Serge aufmerksam zuzuhören und blickte ihn ernst an. Ganz gleich, worüber sie sprachen, eine harmlose Plauderei war es jedenfalls nicht. Beide tranken schon das zweite Glas, als Mona etwas zu sagen versuchte. Es schmerzte Harry zu sehen, dass Serge ihr offenbar das Wort abschnitt. Mona nickte resigniert, während Serge weiterredete. Es war offensichtlich, dass Serge nicht an ihrer Meinung interessiert war.

Harry konzentrierte sich ganz auf Monas Gesicht, zoomte es so dicht wie möglich heran. Er musste sich unbedingt ein stärkeres Fernglas besorgen. Mona blickte angespannt. Serges Worte schienen sie zu belasten. Doch er ließ ihr keine Gelegenheit, ihre Gefühle zum Ausdruck zu bringen. In ihrer Erstarrung erinnerte sie Harry an ein vom Scheinwerferlicht erfasstes Reh. Mona begann zu weinen. Harry konnte deutlich erkennen, wie sich ihre strahlend blauen Augen mit Tränen füllten. Doch anstatt sie in den Arm zu nehmen, gab Serge ihr einen Klaps auf den Rücken und stand auf. Mona folgte ihm. Dann wurde es dunkel.

Harry stand noch immer auf dem Balkon. Seine Gedanken waren zur Ruhe gekommen. Alles ergab Sinn. Er hatte eine Aufgabe zu erfüllen, die ihm das Leben unvermutet gestellt hatte. Er war zur richtigen Zeit am rechten Ort. Dies war der Moment, in dem Harry Cubs zeigen konnte, wer er wirklich war.

05

Am folgenden Tag begegnete er Mona noch einmal. Allerdings nicht durch Zufall. Harry war im Wohnzimmer auf und ab gegangen und hatte sich bei den Klängen von Esbjörn Svensson gefragt, ob dieser Musiker dem Jazz etwas Neues gegeben oder nur eine Jazzversion von Hintergrunddröhnen abgeliefert hatte. Irgendwann erkannte er, dass ihn die Frage nicht wirklich interessierte. Er hatte den täglichen Work-out hinter sich gebracht und keine Lust, seine Schlangen zu besuchen. Er wusste nicht, welche Platte er auflegen oder was er lesen sollte, zudem war er viel zu fahrig, um sich zu konzentrieren. Die wohlbekannte Leere hatte ihn im Griff und zog ihn in die Tiefe. Er beschloss, der Talfahrt ein Ende zu setzen. Er würde die Leere mit etwas Sinnvollem füllen. Dem zu diesem Zeitpunkt einzig Sinnvollen in seinem Leben.

Harry stellte sich an das Fenster seines Trainingsraums. Ein kleiner Raum mit Laufband, einer Bank zum Stemmen von Gewichten und einigen Hanteln. Das Anwesen der Berenbaums konnte er von hier aus nicht sehen, aber er hatte freie Sicht auf den Mount Olympus Drive und jedes Fahrzeug, das aus dem Electra Drive kam oder dort einbog. Die Fensterscheiben waren getönt. Ein guter Wächter musste unsichtbar sein.

Harry hatte sicher eine ganze Stunde dagestanden, beinahe reglos, die Arme vor der Brust verschränkt, als er sah, wie Mona aus dem Electra Drive kam und auf den Mount Olympus ging. Sie trug Laufschuhe und Trainingsanzug. Harry schnappte sich die Schlüssel und verließ das Haus. Er kannte den Canyon. Er wusste, wo er sie finden würde.

*

»Ich habe nie gefragt, aber ... woher stammen Sie?«, fragte Harry. »Sind Sie aus Paris?«

Sie folgten einem der Pfade, die den Canyon bergauf führten. Er hatte ihren Weg richtig berechnet und war an einer Kreuzung zu ihr gestoßen. Nun liefen sie im Gleichschritt. Atmeten im selben Rhythmus. Harry konnte sich nicht erinnern, wann er zuletzt so glücklich gewesen war.

»Ich bin in Ungarn aufgewachsen. Budapest. Nach dem Schulabschluss bin ich nach London gegangen und habe begonnen, als Model zu arbeiten, um die Studiengebühren bezahlen zu können. Ich habe auch viel Zeit in Mailand und Paris verbracht – wegen der Arbeit als Model, Sie wissen schon. Darum habe ich diesen grauenhaften Akzent!«

»Oh, nein. Er ist wunderschön!«, brach es aus Harry heraus, und er ermahnte sich sofort, seinen Überschwang zu zügeln. »Und wo leben Sie jetzt? Wenn Sie nicht in Los Angeles sind, meine ich?«

»In Paris. Serge und ich, wir leben in Paris. Nachdem ich in London meinen Universitätsabschluss gemacht hatte, bin ich bei ihm eingezogen, und tja, manchmal vermisse ich London, aber es gibt ja den Eurostar. Die Fahrt dauert nur drei Stunden.«

Harry, der ein leises Bedauern aus ihren Worten heraushörte, nickte. Im Verlauf ihres Gesprächs erfuhr er, dass sie Kunstgeschichte studiert und eine Teilzeitstelle bei einem großen Pariser Auktionshaus hatte. Mit anderen Worten: einen Alibi-Job. Sie hatte ihren Arbeitgeber um eine Auszeit gebeten, um ihren Mann nach Los Angeles begleiten zu können. Vollkommene Hingabe an einen wandelnden Toten – so lautete offensichtlich Monas Motto.

»Ich muss Ihnen etwas beichten«, sagte Mona, als sie die Hügelkuppe fast erreicht hatten.

Harrys Synapsen überschlugen sich. Waren sie schon an diesem Punkt angelangt?

»›The American Dream‹ war das allererste Album, das ich mir gekauft habe ...«

Harry war verblüfft. Er starrte Mona an. Der Gedanke, dass seine Musik einen solchen Meilenstein in ihrem Leben darstellte, überwältigte ihn. Mona schien angesichts seiner ausbleibenden Reaktion zu glauben, dass er über ihre Worte hinweggehen wollte.

»Tut mir leid – ich klinge wahrscheinlich wie ein alberner Fan.«

Harry fasste ihre Entschuldigung als neuerlichen Beweis ihrer Verletzlichkeit auf.

»Nein, bitte! Keine Entschuldigungen. Sie haben mir gerade ein Kompliment gemacht. Ich musste es nur erst verarbeiten«, erwiderte er sanft.

»Danke«, sagte sie. »Sehr freundlich von Ihnen. Sie hören das sicher ständig. Aber wissen Sie, bevor Clinton Präsident wurde, waren Sie so ziemlich die einzige Stimme der Vernunft, die aus Amerika zu uns herüberdrang. Ich meine, für meine Freunde und mich. Das restliche Amerika, jedenfalls die Leute, die bei uns in den Medien zu Wort kamen, bestand aus religiösen Spinnern, Abtreibungsgegnern, Atomwaffenbefürwortern oder Wall-Street-Sklaven ...« Mona schienen die Worte auszugehen.

»Heuchlern?«, schlug Harry vor, und sie lachte.

»Genau! Amerika erschien uns als ziemlich finsteres Land. Wenn Sie nicht gewesen wären, hätte ich vermutlich keinerlei Interesse an amerikanischer Kultur gehabt. Und weil Sie meinen Freunden und mir so viel bedeutet haben, war es mir peinlich, dass ich so ... unhöflich war, als wir uns neulich vor unserem Haus begegnet sind. Aber es wurde schon dunkel, und ich habe Sie nicht gleich erkannt.«

»Das nehme ich Ihnen nicht übel. Zumal das Alter auch vor mir nicht Halt gemacht hat ...« Fuck. Harry hätte sich am liebsten geohrfeigt. Er klang wie ein eitler Idiot, der um Komplimente bettelte.

»Aber das stimmt doch nicht! Sie sind natürlich etwas grauer geworden, und naja ... ach, ich weiß auch nicht.« Sie kicherte.

»Was denn?« Harry lächelte. Sie war wirklich süß. »Na, los, raus mit der Sprache!«

»Angeblich verhält es sich mit Schauspielern immer so, dass sie kleiner, irgendwie schmächtiger wirken, wenn man sie leibhaftig sieht. Sie sind natürlich nicht klein und auch sehr ... durchtrainiert. Aber in meiner Erinnerung haben Sie auf Fotos immer extrem kräftig gewirkt. Irgendwie breiter, also ... wir fanden Sie alle ziemlich sexy.« Mona schenkte ihm ein kurzes Lächeln und fügte hinzu: »Bitte verzeihen Sie! Unfassbar, was ich da gerade gesagt habe!«

Flirtete sie etwa mit ihm? Harry genoss jedes ihrer Worte. Er spürte, wie er errötete.

»Kein Grund, sich zu entschuldigen. Ich habe tatsächlich ein paar Muskeln weniger ... ich habe begonnen, mehr auf die Feinheiten zu achten.«

Mona betrachtete den vor ihnen liegenden Pfad und schwieg eine Weile. Schließlich, sie schaute ihn immer noch nicht an, fragte sie:

»Feinheit in körperlicher oder in geistiger und musikalischer Hinsicht?«

»In jeder Hinsicht – wissen Sie, mein Körper, mein Geist, meine Musik ... das ist eins. Und alles zusammen macht mich aus.« Harry konnte sich gerade noch bremsen, bevor er zu einer seiner Predigten über die

Einheit von Körper und Geist ansetzte, die ihm im Nachhinein sicher peinlich gewesen wäre. Er fragte sich trotzdem, ob er etwas Falsches gesagt hatte, denn Mona schwieg.

Sie gingen ein paar Minuten nebeneinander her, ohne ein einziges Wort zu wechseln. Harry versuchte, seine zunehmende Besorgnis niederzukämpfen, indem er sich einredete, dass die Gabe, gemeinsam schweigen zu können, ebenso wichtig sei wie die, ein Gespräch miteinander zu führen. Also schwieg auch er. Seine Verlegenheit wuchs mit jedem Schritt. Was, wenn er das Bild, das Mona von ihm hatte, durch eine unbedachte Bemerkung zum Einsturz gebracht hatte? Was, wenn das jetzt das Ende war? Mona erlöste ihn schließlich und brach das Schweigen:

»Wissen Sie, was wir uns immer gefragt haben, meine Freunde und ich? Wir haben oft darüber diskutiert, und ... naja, ich finde es großartig, Sie jetzt persönlich fragen zu können.« Sie zögerte.

»Nur zu. Ich bin neugierig«, sagte Harry ermutigend.

»Wir ... wir haben uns immer gefragt: Glauben Sie an Gott?«

Die Existenz Gottes war ein Thema, über das sich Harry viele Gedanken gemacht hatte. Er hatte allerdings immer vermieden, seine Ansichten auf der Bühne auszubreiten. Der Glaube, fand er, war Privatsache. Es sei denn, er spielte in die Politik hinein. Harry machte kein Geheimnis daraus, dass er Menschen, die die Benachteiligung von Frauen, die Vernichtung von ethnischen Gruppen oder die Zerstörung von Ländern durch religiöse Anschauungen zu rechtfertigen versuchten, verachtete. Für ihn war die religiös motivierte Pro-Life-Bewegung in den USA, die ein Abtreibungsverbot anstrebte, im Grunde nichts anderes als ein Mittel zur Unterdrückung von Frauen. Man wollte ihnen die Wahlfreiheit und die Verfügungsgewalt über ihren Körper entreißen, sie in Gebärmaschinen verwandeln und ihnen die Möglichkeit nehmen, mit den Männern gleichzuziehen. Wenn die Religion missbraucht wurde, um Menschen an Weiterbildung oder wissenschaftlicher Forschung zu hindern, dann sprach Harry es öffentlich aus. Abgesehen davon ging ihn der Glaube anderer Menschen nichts an. Von einem Gespräch mit Pete einmal abgesehen, hatte Harry seine Ansichten über Gott bislang mit niemandem geteilt. So überraschte es ihn, mit welcher Vehemenz die Worte plötzlich aus ihm herausbrachen.

»Wissen Sie ... ich glaube nicht, dass es so etwas wie eine allmächtige Gottheit gibt. Und sollte es sie doch geben, dann sind wir ihr vollkommen gleichgültig. Man muss sich doch nur gründlich den Planeten Erde und die menschlichen Verhältnisse anschauen, um zu kapieren, dass Gott, falls er existiert, mit einem ziemlich perversen Sinn für Humor gesegnet ist. Klar, unser Universum funktioniert nach bestimmten

Gesetzen, die wir immer tiefer ergründen. Darwinismus, molekulare Biochemie, Astrophysik, Quantenmechanik – alles Theorien und wissenschaftliche Modelle, mit denen wir die Vorgänge innerhalb des Universums zu erklären versuchen. Und die meisten Menschen wollen natürlich wissen: Wer hat das Universum erschaffen. Aber wissen Sie was? Mir ist das scheißegal. Man weiß es nicht, und man wird es nie wissen. Schon gar nicht diese debilen Kleingeister, die behaupten, Botschaften von Gott zu empfangen. Ich meine – ich habe nichts dagegen, wenn Menschen beten, um ihrem Gott eine Nachricht zu schicken. Aber vor Menschen, die vorgeben, von Gott eine Antwort auf ihre Worte erhalten zu haben, sollte man sich hüten. So etwas macht mich richtig nervös. In meinen Augen ist das ein sicheres Zeichen für klinischen Wahnsinn.«

Harry gestikulierte wie auf der Bühne. Er breitete die Arme aus und malte Kreise in die Luft, um seinen Worten Nachdruck zu verleihen. Unterstrich Sätze mit der flachen, rechten Hand, aber nie – das war eine seiner wichtigsten Regeln –, indem er den Zeigefinger hob. Er holte Luft und setzte zum großen Finale an.

»Wissen Sie was, Mona? Ich finde es kindisch und dumm, auf die Macht irgendeiner unsichtbaren Gottheit zu vertrauen. Denn dadurch machen sich die Leute klein, dadurch beschränken sie sich. So lange man einem Gott die Schuld für alles Schlechte – oder auch Gute – gibt, übernimmt man keine Verantwortung für das eigene Tun! Als Menschen können wir gütig, gerecht und humorvoll sein, können Musik erschaffen. Wozu also eine höhere Macht? Ich besitze alle Fähigkeiten, um mit dem umzugehen, womit das Leben mich konfrontiert – die guten Dinge, aber auch die schrecklichen. Und für das, was ich tue, brauche ich ganz sicher nicht den Segen eines Gottes. Ich brauche auch keine Typen in langen Kleidern, die mir erzählen, was ich laut Gott zu tun oder zu lassen habe. Was wir an Göttlichem brauchen, tragen wir in uns. Das müssen wir nicht in einer ans Kreuz geschlagenen Holzpuppe suchen oder wo auch immer die Leute Gott zu finden hoffen.«

Als Harry ausgesprochen hatte, standen sie schon oben auf dem Berg. Ein flammender Sonnenuntergang ließ den Himmel in einem Technicolor-Spektakel erstrahlen. Grelle Orangetöne und unzählige Abstufungen von Pink tauchten die unter ihnen liegende Stadt in ein surreales Licht. Harry drehte sich zu Mona um, erleichtert, endlich das formuliert zu haben, was ihn schon so lange umtrieb. Ja, da war auch die Sorge, Mona beleidigt oder enttäuscht zu haben. Aber der Adrenalinschub, den seine Worte in ihm ausgelöst hatten, sorgte dafür, dass dieser Zweifel mit einem Mal weggefegt wurde. Er hatte das Gefühl, wieder auf der Bühne zu stehen. Zu Hause zu sein. Eine Rede zu halten war weit weniger anstrengend, als ein Gespräch zu führen.

»Wow ...«, sagte Mona schließlich. »Viel Stoff zum Nachdenken.« Und als sie ihn anlächelte, sah er die Neonglut der Abendsonne auf ihren Lippen. In diesem Augenblick hätte Harry alles dafür gegeben, sie küssen zu dürfen. Er sehnte sich mit jeder Faser seines Körpers danach, ihr nahe zu sein. Und es tröstete ihn nicht, sie schon vor langer Zeit mit seiner Musik berührt zu haben.

06

Harry war auf dem Pico Boulevard unterwegs. Er war dankbar für den Komfort seines treuen Mercedes 500 SEL, denn an einem solchen Tag brauchte er ein Schlachtschiff, einen Panzerkreuzer, der ihn wieder ins Lot brachte und ihm Geborgenheit schenkte. Er war auf dem Weg nach Venice Beach.

Kurz nach der Veröffentlichung von »The American Dream« hatte er sich mit Pete ein Apartment am Speedway geteilt, einen Block vom Strand entfernt. Wenn er jetzt dorthin zurückkehrte, zelebrierte er ein Ritual. Er stand vor dem Apartment-Gebäude, sah zum ersten Stock hinauf, in dem sie gewohnt hatten, und lauschte den Geräuschen des Strandes: den Vögeln, den Autos, den Windspielen und Stimmen und dem penetranten Beat irgendeiner Mainstream-Rockband, der aus einem vorbeifahrenden Auto schallte. Danach schlenderte er über den Boardwalk, mischte sich unter die Touristen, die Dealer und Freaks. Dieses Ritual schenkte ihm ein Gefühl der Sicherheit. Die Gewissheit, über eine Vergangenheit zu verfügen, die sich nicht auslöschen ließ, gab ihm Halt. Die Vergangenheit glich einem Netz, das seinen freien Fall während der Tourneepausen auffing. Er konnte sich auf seine Erinnerungen stützen, sich ins Bewusstsein rufen, dass er tatsächlich eine Identität besaß. Dass es im Inneren dieses Typen, dieses Harry Cubs, irgendetwas, irgendjemanden gab.

Dieser Aufenthalt in Venice Beach unterschied sich in einem Punkt von all den früheren. Man hatte sein altes Apartment-Gebäude renoviert und in einen identitätslosen Klon aus der Hipster-Retorte verwandelt. Das war zwar traurig, aber keine Überraschung. Ähnliches hatten die Immobilienhaie schon auf der Abbot Kinney und der Rose Avenue durchgezogen. Aber der Anblick der Plakette, die jetzt über dem Eingang des Gebäudes hing, verstörte ihn: »Hier wohnte Harry Cubs von 1983 bis 1985.« So war das also. Sein Name war zu einem Etikett geworden. Sie hatten ihm das genommen, was für ihn privat und wertvoll war, und es zu ihrer eigenen Identität gemacht. Das unablässige Streben dieser Leute, sich selbst zu einer Marke zu stilisieren und ihren Marktwert im täglichen Ausverkauf ihrer Seelen zu steigern, war auf seine Kosten gegangen. Harrys Erinnerungen waren jetzt nur noch eine weitere Zutat für ihre zucker- und fettfreie Bio-Vollkornmehl-Fairtrade-Cup-Cake-Existenz.

Harry war erschöpft, als er Venice Beach verließ. Harry Cubs hatte ein weiteres Stück seiner Identität verschlungen. Nicht mehr lange, und er würde wie einer der Schokoladenweihnachtsmänner sein, die gerade wieder überall herumstanden: zum Verzehr gedacht, in bunte Alufolie verpackt und innen hohl. Harry konnte sich noch daran erinnern, als er seinen ersten Schokoladenweihnachtsmann geschenkt bekommen hatte. Wie aufgeregt er beim Anblick des riesigen Stücks Schokolade gewesen war, in das er sofort hineingebissen hatte – nur um zu begreifen, dass man ihn betrogen hatte. Es war eine Täuschung gewesen. Während der Rückfahrt zogen die Vorgärten mit ihrem Plastikschnee an ihm vorbei, das glitzernde Inferno der Lichterketten, auf den Veranden Weihnachtsmann-Gnome wie auf der Lauer liegende Kinderschänder, die verblödeten Rentiere – all der falsche Glanz. Harry musste wieder an Mikey denken.

In dem Moment, da die Belastung seiner Erinnerung geradezu unerträglich wurde, bemerkte Harry einen roten Karmann-Ghia, der mit offener Motorhaube am Straßenrand stand. Er ging vom Gas. Das war sie! Harry hielt seinen Mercedes an und ließ das Beifahrerfenster hinunter. Mona stand über den Motor gebeugt und drehte unentschlossen an irgendwelchen Schrauben.

Er wusste, dass das, was er gleich sagen würde, wie ein Satz aus einem Porno klang.

»Kann ich Ihnen helfen?«

Wie kam es, dass ihm der Zufall ein solches Szenario bereitete? Kitschig und klischiert und dennoch wahr. Mona hob den Kopf. Sie stieg nicht auf die Pornostory ein, sondern verzog das Gesicht wie bei ihrer ersten Begegnung – düster und starr. Sie hatte offensichtlich keine Lust darauf, angesprochen zu werden. Harry hatte ihre erste Begegnung in Gedanken so oft durchgespielt, dass er ihrer Abwehrhaltung gegenüber Fremden inzwischen durchaus etwas abgewinnen konnte. Ja, er mochte sie sogar. Je härter die Schale, desto weicher der Kern – das wusste er nur allzu gut.

Wie erwartet, hellte sich Monas Miene sofort auf, nachdem sie ihn erkannt hatte.

»Dem Himmel sei Dank! Harry!«

»Warten Sie kurz, ich parke nur den Mercedes«, erwiderte Harry.

»Geschieht mir recht – ich hätte mir keinen Oldtimer, sondern ein umweltfreundliches Auto mit Hybridantrieb kaufen sollen.« Mona seufzte.

»Oder einen *Elysium*, denn: ‚Uns geht es nicht um Autos, sondern um Inspiration!'«, erwiderte Harry mit seiner Werbespotstimme.

»Oh, mein Gott, Sie klingen genau wie der Typ aus der Werbung!«, rief Mona und lachte leise. »Wie komisch.«

»Tja, ich bin die Stimme in dem Spot ... Ich spreche die Texte«, sagte Harry, plötzlich wieder voller Unbehagen. Warum erzählte er ihr von seiner Rolle in den Werbespots für *Elysium*? Das war wohl kaum etwas, worauf er stolz sein konnte.

»Sie sind also die Stimme des Paradieses?«, rief Mona, und Harry fragte sich, ob sie das spöttisch meinte. »Sie glauben nicht an Gott, sind aber die Stimme von *Elysium*! Netter kleiner Widerspruch.«

Das tat weh. Harry versuchte vergeblich, aus Monas Blick schlau zu werden. »Na ja, wissen Sie, so wird mein Leben nie langweilig«, brachte Harry schließlich hervor, erleichtert über seine Antwort fügte er hinzu: »Außerdem hat das keine große Bedeutung für mich. Ich tue es nur wegen des Geldes.«

»Aber Sie müssen doch zugeben, dass die dahinterstehende Symbolik ziemlich genial ist!«, wandte Mona ein.

Harry war irritiert. Sollte er zur symbolischen Bedeutung von Harry Cubs Stellung nehmen? Eine andere Symbolik konnte sie ja wohl nicht meinen. Sie bewegten sich auf glattem Parkett. Er beschloss, ihre Worte ins Leere laufen zu lassen.

»Soll ich Sie nach Hause fahren?«, fragte er, fühlte sich daraufhin gleich besser und fügte selbstsicher hinzu: »Ich habe die Nummer eines fantastischen Automechanikers, der sich auf Oldtimer spezialisiert hat. Er kann ihr Auto in Nullkommanichts abschleppen und reparieren. Wir könnten ihn von meinem Haus aus anrufen.«

Die Rückfahrt zum Laurel Canyon verging viel zu schnell. Mona, die auf dem schwarzen Leder des Beifahrersitzes saß, sorgte allein durch ihre Anwesenheit dafür, dass in seinem Kopf Ruhe einkehrte. Sie konnte so gut zuhören, dass er sich dabei ertappte, so offen und aufgeregt zu erzählen wie noch nie. Sein Unbehagen war verflogen. Es war herrlich, einfach nur zu sein. Und festzustellen, dass sogar Harry Cubs im Beisein einer anderen Person entspannt sein konnte.

Mit sechzehn war Harry zum ersten Mal mit einem Mädchen ausgegangen. Sie hatte Christie geheißen, und sie waren acht Monate zusammen gewesen, eine Zeit, in deren Verlauf er nicht nur seine Jungfräulichkeit verloren hatte, sondern auch sein Herz an ihre Sommersprossen. Nachdem Christie ihn für einen Tennis spielenden Schnösel verlassen hatte, dessen Vater sie zum Mittagessen in den Country Club ausführte, hatte dies nicht nur Liebeskummer in ihm ausgelöst, er war im Mark getroffen, etwas in seinem Inneren auf ewig zerstört. Noch nie hatte er solchen Schmerz erlebt, nicht einmal während der langen Jahre der Vernachlässigung und Erniedrigung durch seine Familie. Danach war Harry vorsichtig geworden. Selten hielt er es länger als drei Monate in einer Beziehung aus. Einmal hatte er versucht, mit einer Frau zusammenzuwohnen: vier qualvolle Monate lang. Vor nicht allzu vielen Jahren hatte eine berühmte Schauspielerin über ihre Agentin anfragen lassen, ob er mit ihr ausgehen wolle. Die Sache hatte drei Wochen gehalten. Dann trennte sie sich mit den Worten von ihm: »Ich bin viel zu verkorkst für einen so netten Typen wie dich. Ohne mich bist du besser dran, glaub mir.« Er dachte gelegentlich mit einer gewissen Zärtlichkeit an sie. Vor allem, weil sie nach der Auszeichnung mit dem Oscar für die beste Nebendarstellerin in ihrer Dankesrede etwas sagte, das von ihm stammte: »Wahres Glück ist, wenn man alles dafür gibt, so perfekt wie möglich zu sein ...« Alles andere waren Affären gewesen.

Nein, sein Liebesleben war nicht besonders romantisch. Einerseits begehrte er die Frauen – und sein Begehren war groß –, andererseits empfand er ihre Gesellschaft als anstrengend. Sie schienen immer etwas anzudeuten oder zwischen den Zeilen zu sagen, aber er verstand nicht, was. Irgendwann war er zu dem Schluss gekommen, für Beziehungen einfach nicht geeignet zu sein. Ja, er war einsam. Und er sehnte sich danach, mit jemandem zusammen sein zu können. Wenn er ehrlich mit sich war – und er bemühte sich tatsächlich um Ehrlichkeit –, fühlte er sich wie ein Versager. Oder hatte er einfach noch nicht die richtige Frau gefunden? Mit Mona fühlte er sich jedenfalls so wohl, dass er sich plötzlich vorstellen konnte, eine enge und feste Bindung mit ihr einzugehen.

*

Die Autofahrt mit Mona an seiner Seite – er warf immer wieder einen Blick auf ihre gebräunten Knie, die unter dem weißen Baumwollrock hervorragten – gab ihm nicht nur Hoffnung auf eine bessere Zukunft. Das Paradies hatte einen neuen Namen, und er lautete Mona. Alles war perfekt. Alles, bis auf die Unterhaltung. Sie verstörte Harry, schockierte ihn. Mona schien keinen einzigen Gedanken formulieren zu können, ohne dabei einen Bezug zu Serge herzustellen. Aus jedem ihrer Sätze reckte Serge sein altes, faltiges Haupt: »Serge glaubt«, »Serge und ich«, »Serge hat gesagt«.

Mona erzählte Harry, dass sie jetzt vier Jahre mit Serge zusammen sei, eines davon als Ehefrau. Und während dieser vier Jahre schien Serge Mona in sein Eigentum verwandelt zu haben. So hübsch und bezaubernd Mona auch war, sie hatte weder ein eigenes Bewusstsein noch einen eigenen Willen. Serge hatte ihre Individualität ausgelöscht. Sie war zu einem Anhängsel seines Egos geworden, ihre Schönheit zu einem Schleier, der die hässliche Egozentrik ihres Mannes verbarg. Sie war ein Gefäß, dessen Inhalt in irgendeine europäische Gosse gekippt und das anschließend mit einem Cocktail aus Unterwürfigkeit und der Todesfurcht eines alten Mannes neu gefüllt worden war. Dieser Kerl benutzte sie, um sich selbst in dem trügerischen Glauben zu wiegen, er wäre unsterblich. Mit seiner Macht und seinem Geld erkaufte er sich die Illusion ewiger Jugend.

Mona hatte aus irgendeinem Grund zugelassen, in sein Spielzeug verwandelt zu werden. In eine Puppe, die seine Einsamkeit lindern sollte, an der er nach einem selbstbezogenen, ausschweifenden Leben litt.

Genau genommen war Serge ein Dorian Gray und Mona der Schlüssel zur Dachbodentür. Würde man ihm Mona rauben, dann stünde die Tür weit offen, und alle könnten sehen, wie hässlich er war. Nur würde das nie passieren, weil er Mona eine viel zu gründliche Gehirnwäsche verpasst hatte. Was die beiden führten war keine Ehe, es war ein Stockholm-Syndrom. Harrys Zorn kannte kein Halten mehr. Serge hatte Mona ihrer Seele beraubt. Von dem Funken, den sie hätte in sich tragen müssen, war nur ein schwacher Abglanz geblieben.

»Haben Sie Kinder?«, fragte Harry, obwohl er die Antwort ahnte.

»Nein.« Mona, die plötzlich etwas traurig klang, schüttelte den Kopf. »Serge hat Kinder aus früheren Beziehungen. Um ehrlich zu sein, ist seine älteste Tochter in meinem Alter. Kinder und unser Lebensstil – das würde nicht zusammenpassen. Wir würden sie doch nur Kindermädchen übergeben. So wie er es bei seinen Kindern getan hat. Darum sind sie so schwierig.«

»Ist sicher merkwürdig für Sie, genauso alt zu sein wie die älteste Tochter Ihres Mannes ...« Harry konnte nicht anders. Er musste auf das Offensichtliche hinweisen. Dass sie das Alter der Tochter genannt hatte, konnte nur bedeuten, dass der Altersunterschied eine Belastung für sie darstellte. Aber sie wollte sich nicht eingestehen, dass mit ihrer Ehe etwas nicht stimmte.

Eine diffuse Angst ergriff Harry. Wie konnte er Mona verdeutlichen, dass sie auf ein Klischee reduziert worden war? Wie konnte er ihr begreiflich machen, dass sie mehr wert war als das?

Mona schwieg. Harrys Selbstsicherheit war mit einem Mal verflogen. Wie hatte er nur so unvorsichtig sein können? Er wollte ihr Vertrauen gewinnen. Nun hatte er sie wieder von sich gestoßen. Er war ein Idiot!

»Verzeihung, ich wollte Sie nicht beleidigen ... Das geht mich nichts an. Es tut mir aufrichtig leid. Bitte nehmen Sie meine Entschuldigung an.« Klang das zu dick aufgetragen? Redete er sich um Kopf und Kragen? »Oh, bitte, Mona, sag etwas!«, flehte er im Stillen.

Schließlich erbarmte Mona sich. »Nein, nein, Sie haben mich nicht verletzt. Ist schon gut. Ich habe natürlich selbst darüber nachgedacht. Aber die Liebe ist und bleibt ein Rätsel. Sie ist halt, wie sie ist.«

Harry atmete auf. Aber der Moment der Verunsicherung machte sich sofort auf seiner Haut bemerkbar. Sein linker Unterschenkel juckte, und er musste sich zusammenreißen, um sich nicht blutig zu kratzen. Er musste sich unbedingt beruhigen und wieder klar denken. Es war sinnlos, jetzt weiter nachzubohren. Das wusste er aus zahlreichen Gesprächen mit seinen Fans. All jenen, die ihre Sorgen und Nöte an Harry Cubs herantrugen, stand die Lösung ihrer Probleme auf die Stirn geschrieben. Harry hatte allerdings oft erleben müssen, dass sie sich in ihr Schneckenhaus zurückzogen, wenn er zu genau nachfragte. Es frustrierte ihn immer wieder, dass ihm die Zeit fehlte, um ihnen zu helfen. Seine Fans schrieben ihm, und er bemühte sich um gewissenhafte Antworten, aber das Ungleichgewicht zwischen den Problemen, mit denen man ihn konfrontierte, und seinen beschränkten Möglichkeiten war zu groß – wenngleich er genau wusste, was zu tun war. Er überwand diesen Frust, indem er sich sagte, dass seine Aufgabe darin bestand, den Menschen die Richtung zu zeigen. Wie ein Allgemeinmediziner, der Schwerkranke an einen Spezialisten überwies. Aber jetzt bot ihm das Schicksal eine Gelegenheit: Er hatte genug Zeit, um Mona heilen zu können. Sie war krank. Und er würde dafür sorgen, dass sie gesund wurde.

*

»Ist ja unheimlich ...«, sagte Mona, als das Tor aufging und Harry die steile Einfahrt bis zu dem kleinen Innenhof hinauffuhr. Das Tor schloss sich automatisch hinter ihnen. Mona stieg aus und betrachtete die hohen Betonmauern, die den Hof vom Canyon abschirmten. Harry wusste genau, wie kahl und grau diese Mauern wirkten. Und er ahnte, dass Mona bei diesem Anblick nicht ganz wohl zumute war.

Trotzdem war er froh, zurück zu sein. Die verwirrende Mischung aus Überschwang und Angst, die ihn während der Fahrt zum Laurel Canyon gequält hatte, war verflogen, und er kam wieder zur Ruhe. Nachdem sich das Tor hinter ihnen geschlossen hatte, versiegte das Adrenalin, und zu seiner Überraschung erfüllte ihn jene Befriedigung, die er auf der Bühne empfand: Er wusste, dass er zur rechten Zeit am richtigen Ort war.

Harry trat in den Schatten, den der Betonvorsprung über dem Hauseingang warf. »Kommen Sie rein«, sagte er.

Mona drehte sich zu ihm um. Sie wirkte verwirrt, schien zu zögern.

»Ach, da sind Sie! Ich habe Sie zuerst gar nicht gesehen«, sagte sie schließlich und kam lächelnd näher.

Harry sah zu, wie Mona die Schwelle überschritt und eintrat. Ein wundervoller Moment. Jetzt wurde dieses Haus endlich zu einem Zuhause.

»Unglaublich!«, rief Mona beim Anblick eines Originalplakats von *Coltrane & His Group* aus dem Jahr 1962. Es war für einen Auftritt in der Hamburger Musikhalle entworfen worden. In seinem kargen, mit Tusche in Schwarz-Weiß gestalteten Design gehörte es zu Harrys Lieblingen, auch wenn er im Haus noch viel seltenere und wertvollere Plakate hortete. Es freute ihn, dass Mona seinen Geschmack teilte.

»Ich habe noch mehr ... Ich sammele so viele Jazzplakate und Jazzalben wie möglich. Möchten Sie noch ein paar sehen?«

»Sehr gern!« Mona schien erfreut. Harry war davon überzeugt, dass sie seine Gesellschaft ebenso genoss wie er ihre. Sie wollte ihn näher kennenlernen, herausfinden, welcher Mensch er war. Serge und der Automechaniker waren plötzlich vergessen. Zeit schien keine Rolle zu spielen.

»Oh, wow!« Mona hatte im Treppenhaus ein Foto entdeckt, das Harry im Juli 1991 gemeinsam mit Miles Davis in Paris hinter der Bühne zeigte. Die Wände des Treppenhauses waren mit Porträts von Jazzlegenden tapeziert, darunter Thelonious Monk, Sonny Clark, Kenny Dorham, Ernie Henry und Hank Mobley. Auf vielen Bildern stand Harry entweder neben dem Künstler oder spielte gemeinsam mit ihm. Er nannte das Treppenhaus seine »Ego-Wand«.

»Ja, das war ein irrer Abend«, erwiderte Harry und wäre gern ausführlicher geworden, aber Mona unterbrach ihn.

»Serge hat davon erzählt! Er war auch da! Er sagt, dass er an diesem Abend zum ersten Mal Jazz richtig verstanden hat.«

Serge. Schon wieder. Der Klang dieses Namens widerte Harry inzwischen an. Dieses hässliche Wort beschmutzte Monas schönen Mund. Ihm begann zu dämmern, dass Serges Name – und damit auch dessen Präsenz – wie ein Bumerang immer dann mit voller Wucht in Monas Gedanken zurückkehrte, wenn sie sich wohlfühlte und ihre Gedanken frei äußerte.

Sie erreichten das Wohnzimmer, und erst jetzt, als er gemeinsam mit Mona eintrat und den Raum mit ihren Augen sah, wurde ihm bewusst, wie verloren das Sofa wirkte. Er schreckte davor zurück, ihr einen Platz anzubieten, denn auf dem kleinen Sofa hätten sie viel zu dicht nebeneinander gesessen. Mona schien das Gleiche zu denken.

Harry wollte sie gerade in die Küche bitten und ihr einen Eistee anbieten, als sie das Buch entdeckte, das Sally ihm geschenkt hatte. »Die ›Metamorphosen‹ in der Übertragung von Ted Hughes! Mein Lieblingsbuch! Unfassbar, dass Sie es auch haben!«

Harry hätte Sally am liebsten geküsst. Sie konnte ihm auf die Nerven gehen wie kein anderer Mensch, aber in diesem Moment war er ihr zutiefst dankbar.

»Ich habe es gerade erst gekauft. Ich fand es ... spannend. Ich habe es allerdings noch nicht gelesen«, sagte Harry, der seine Freude zu verbergen versuchte.

»Seine Sprache ist wie Musik. Hier ...« Mona blätterte im Buch. »Ich lese Ihnen meine Lieblingsstelle vor:

›Und so lebte er
In der einsamen Enge
Seiner Angst,
Unbeweibt, alle Frauen meidend.
Trotzdem träumte er von Weiblichkeit.
Unaufhörlich träumte er,
Ob wachend oder schlafend,
Vom makellosen Körper einer vollkommenen Frau –
Doch in Wahrheit war es nicht
Der Traum von einer vollkommenen Frau,
Sondern ihr Geist, des Nichtseins überdrüssig,
Der von seinem Leib Besitz ergriffen hatte,
um einen Weg ins Leben zu finden.
Sie fuhr in seine Hände,
Sie führte seine Finger und begann,
Die Skulptur einer makellosen Frau zu erschaffen.
Schlafwandlerisch formten seine Hände
Eine Frau. Bis ihre Gestalt
Lebensgroß, elfenbeinern, wie aus Fleisch und Blut
In seinem Atelier lag.‹«

Mona hob den Blick. Ein zauberhaftes Lächeln überflog ihr Gesicht. Sie schien auf Harrys Reaktion zu warten. Er räusperte sich, spielte auf Zeit. Das Gift war zurückgekehrt. Um etwas sagen zu können, musste er die brüllende Stimme in seinem Kopf zum Verstummen bringen. Er rief sich in Erinnerung, dass er sie in erster Linie befreien wollte. Dass er sie auch begehrte, war nebensächlich und durfte keine Rolle spielen. Harry richtete sich auf und schaute Mona so offen wie möglich in die Augen.

»Das ist wunderschön, Mona. Was ist das?«, brachte er hervor.

Mona, die seinen inneren Aufruhr nicht zu bemerken schien, erklärte: »Das ist die Geschichte von Pygmalion ... einem vereinsamter Künstler, der die Skulptur der perfekten Frau erschafft und sich in sie verliebt.«

»Und wie endet die Geschichte?«, fragte Harry, der sich des rauen Untertons seiner Stimme unangenehm bewusst war.

»Gut«, antwortete Mona, die weiterhin lächelte. »Die Göttin Venus erbarmt sich Pygmalions und erweckt die Skulptur zum Leben. Pygmalion heiratet die Frau, und beide sind bis an ihr Lebensende glücklich miteinander.«

Harry atmete tief ein und versuchte sich vorzustellen, dass Sally anstelle von Mona neben dem Sofa stand. Und das Ungeheuer gab Ruhe. Er stammelte, immer noch etwas verwirrt: »Das ... das muss ich unbedingt lesen. Klingt ... wirklich super.«

Verdammt, hätte er sich nicht besser ausdrücken können? Er klang wie ein Teenager. Er musste von jetzt an auf seine Wortwahl achten. Mona war eine gebildete Frau.

»Ja, das müssen Sie! Sie werden begeistert sein,

denn die Sprache ist unglaublich lebendig und gefühlvoll. Nach ›Pygmalion‹ müssen Sie ›Echo und Narziss‹ lesen – das ist meine zweitliebste Geschichte.«

Hatte Mona ihn gerade als lebendig und gefühlvoll bezeichnet? Ja, sie hatte diese Wörter benutzt, um die Gedichte zu beschreiben. Aber sie hatte damit auch gemeint, dass er das Buch wegen dieser Eigenschaften lieben werde, was eindeutig hieß, dass sie sie auch seiner Person zuschrieb. Warum sollte sie sonst davon ausgehen, dass er begeistert wäre?

Harry blinzelte. Er konnte sich plötzlich nicht mehr richtig konzentrieren. »Soll ich Ihnen das Untergeschoss zeigen? Dort befindet sich mein Büro ... und mein Archiv – alles, was nicht an den Wänden hängt«, sagte er in der Hoffnung, dass seine Stimme nicht bebte.

»Gern!«, antwortete Mona und lächelte unschuldig. Sie schien nicht zu ahnen, welche Wirkung sie auf ihn hatte.

Auf dem Weg nach unten musste sich Harry am Geländer festhalten. Er war völlig aus dem Gleichgewicht geraten. Seine Benommenheit wollte nicht verschwinden, egal wie sehr er sich dagegen wehrte.

»Hier arbeite ich ... wenn ich nicht auf Tournee bin ... Hier erledige ich meinen Schreibkram, Sie wissen schon ... Hier ist das Büro meiner Assistentin, und hier ... « – Harry öffnete die Tür zum Nebenzimmer – »... ist mein Archiv.« Der Raum hatte die Ausmaße einer Doppelgarage und war von Regalen gesäumt. Wie in einer Bibliothek standen mitten darin drei zusätzliche Regale. Alle enthielten Schallplatten. Erste Pressungen, Acetatscheiben, Testpressungen. Da er schon in sehr jungen Jahren mit dem Sammeln begonnen hatte, gehörten ihm inzwischen einige der seltensten Alben. Vor nicht allzu langer Zeit hatte er gehört, dass eine »Hank Mobley Blue Note 1568« für mehr als fünftausend Dollar verkauft worden war. Er besaß selbst eine und außerdem viele andere, die noch wertvoller waren. Er zeigte Mona die erste Pressung von Miles Davis' »Kind of Blue« und eine originale White-Label-Pressung von »Miles Davis and the Modern Jazz Giants«, höchstpersönlich signiert von Davis, John Coltrane und Thelonious Monk. Sie gehörte zu den Stücken, auf die er ganz besonders stolz war.

»Großartig, Harry«, bemerkte Mona und fügte pflichtschuldig hinzu: »Hier unten haben Sie ja richtige Schätze!«

Harry erlaubte sich ein breites Lächeln. »Ja, cool, oder? Irgendjemand muss schließlich dafür sorgen, dass diese Dinge nicht einfach verschwinden, und genau das tue ich – ich führe alles zusammen, lagere es sicher ein, und dann … wenn es an der Zeit ist … reiche ich alles weiter.«

»Und an wen?«, fragte Mona mit weit geöffneten, neugierig blauen Augen.

»Keine Ahnung. An den nächsten Typen ... jemanden, der meine Leidenschaft teilt, der mich versteht.«

»Nicht an Ihren Sohn?«

»Nein, nein«, antwortete Harry. »Kinder haben mich nie interessiert.«

»Warum nicht?«, fragte Mona.

»Schwer zu sagen. Ich hatte einfach kein Interesse daran.«

Diese Antwort schien Mona nicht zufriedenzustellen, aber Harry fiel nichts Besseres ein. Er konnte die Frage, warum er sich nie Kinder gewünscht hatte, ebenso wenig beantworten wie die, warum seine Beziehungen nie funktioniert hatten. Das waren unlösbare Rätsel. Ihm blieb nichts anderes übrig, als seine Beschränkungen zu akzeptieren und sich mit ihnen zu arrangieren. Sich zu entwickeln, bedeutete in seinen Augen, die Einsamkeit zu ertragen. In diesem Moment fühlte er sich jedoch alles andere als einsam, ganz im Gegenteil. Er hatte sich noch nie so im Einklang mit sich selbst befunden wie in Anwesenheit von Mona.

»Und was versteckt sich dort?«, fragte sie und zeigte auf eine verschlossene Tür.

»Ach, nichts. Nur ein Generator. Aber hier ...« – Harry musste sie unbedingt von dem Raum mit den Schlangen ablenken – »... ist etwas ziemlich Schräges. Der Typ, dem ich das Haus abgekauft habe, hat es einbauen lassen.«

Harry öffnete die schwere Stahltür des Panic Room.

»Hier versteckt man sich, wenn Einbrecher im Haus sind«, fügte er hinzu.

Mona strich über die Bolzen und Metallbänder, mit denen die Tür verstärkt worden war. Dann ging sie an Harry vorbei in den Raum. Er war vier Quadratmeter groß und bot gerade genug Platz für das Waschbecken und den kleinen Kühlschrank. Vor der linken Wand stand das Etagenbett, das den Blick auf die Toilette verstellte. Der Raum war winzig, aber, wie Harry bei seiner letzten Übernachtung festgestellt hatte, von einer fast luxuriösen Größe, verglichen mit der Koje im Tourbus.

Mona stand im Raum neben dem Waschbecken und schaute sich um. Sie machte einen zerstreuten Eindruck. »Ich frage mich, was in einem Menschen vorgeht, der einen solchen Raum in sein Haus einbauen lässt. Das kann nur jemand sein, der sich ständig davor fürchtet, eingesperrt oder gefoltert zu werden ... Jemand, der ein Leben voller Angst führt! Der sich nie entspannen kann, weil er sich immer vor dem nächsten Hinterhalt fürchtet ... Stellen Sie sich vor, welche Dämonen einen solchen Menschen plagen! Und ich glaube, dass man genau das anzieht, woran man unablässig denkt ... Ein solcher Raum lädt den Ärger geradezu ein, finden Sie nicht auch?«

Mona hatte sich zu Harry umgedreht und sah ihm direkt ins Gesicht. Er stand im Türrahmen, den seine breiten Schultern fast vollständig ausfüllten. Er hatte kein Wort von dem verstanden, was Mona gerade gesagt hatte. Ihre Lippen hatten sich bewegt, aber das Klingeln in seinen Ohren war viel zu laut gewesen. Er hatte an die Krabbe denken müssen, die sich im Aquarium aufgelöst hatte. Wann hatte die Krabbe begriffen, dass sie sterben würde? Wann hatte sie die ersten Anzeichen für ihr eigenes Ende gespürt? Oder hatte sie gar nichts davon geahnt?

... ihr Geist, des Nichtseins überdrüssig,
Hatte von seinem Leib Besitz ergriffen,
Um einen Weg ins Leben zu finden.

Monas Stimme hallte in seinem Kopf. Was hatte all das zu bedeuten? Harry Cubs wusste es genauso wenig wie Harry selbst. Er wusste nur, dass er sie gefunden hatte. Die perfekte Frau. Und er hatte sie an einen guten und sicheren Ort geführt.

»Oh, es ist schon spät! Ich sollte wohl besser Serge anrufen, damit er weiß, wo ich bin!« Mona holte ihr Handy aus der Handtasche.

»Funktioniert hier unten nicht«, sagte Harry barsch. Seine Stimme klang wieder rau und fremd. In seinem Hirn war nur weißes Rauschen. Starre. Im nächsten Moment knallte er die Tür zu und tippte den neunstelligen Code ein.

Nachdem die Bolzen knirschend eingerastet waren, prüfte er, ob die Tür abgeschlossen war und eilte dann nach oben, um den Router auszustöpseln. Internet- und Festnetzverbindungen waren unterbrochen, einschließlich der des Telefons im Panic Room. Harrys Herz hämmerte. Ein hoher Ton schrillte in seinem Kopf. Er stand im leeren Wohnzimmer und zitterte am ganzen Körper. In seinem Kopf brüllte Harry Cubs Donnerstimme:

»Harry, was hast du getan?« Harry wusste es nicht.

07

Harry kehrte in den Keller zurück. Die Stahltür des Panic Room starrte ihn an. Auf einmal war es keine Tür mehr, sondern eine Höllenpforte, die jene beinahe lautlose Tat verbarg, derer er sich schuldig gemacht hatte. Einer Tat, die Harry sich niemals zugetraut, niemals auch nur im Traum erwogen hätte. Er konnte gedämpftes Klopfen und Pochen hören, Geräusche, die er weder wahrnehmen wollte noch ertragen konnte. Dies war ein Moment, in dem er seine Schlangen brauchte. Sie würden ihm helfen, einen klaren Kopf zu bekommen und über die nächsten Schritte nachzudenken. Und tatsächlich: Sobald er die Tür geöffnet hatte und die Terrarien erblickte, die übereinander in den Regalen standen, konnte er spüren, wie das Hämmern hinter seiner Stirn nachließ.

Harry griff nach dem Behälter mit seiner Lieblingsschlange: die Schwarze Mamba. Der Biss dieser Schlange war tödlich. Das Gift lähmte das Nervensystem innerhalb von fünfzehn Minuten. Führte zu einem langsamen, qualvollen Erstickungstod, wobei das Opfer bis zuletzt bei klarem Bewusstsein blieb. Es gab zwar ein Gegengift, aber wenn es nicht sofort nach dem Biss injiziert wurde, war es mehr oder weniger nutzlos. Und auch nach der Injektion drohten weiterhin Herzstillstand und Koma. Harry hatte sich nie die Mühe gemacht, ein Gegengift zu besorgen. Warum sich der Illusion einer nicht existierenden Sicherheit hingeben?

Harry zog seinen Stuhl heran und setzte sich vor das Terrarium, in dem die Schlange durch den weißen Sand glitt. Er passte den richtigen Moment ab, dann packte er sie beim Nacken. Harry bewunderte die subtilen Farben ihrer Schuppen. Wenn er jetzt gebissen würde, hätte dies zum ersten Mal in seinem Leben eine existenzielle Auswirkung auf das Dasein eines anderen Menschen. Noch eine halbe Stunde zuvor hätte sein Tod nichts weiter ausgelöst als öffentliche Nachrufe, Neuauflagen seiner Platten, vielleicht sogar ein Konzert zu seinen Ehren. Nun sah die Sache anders aus. Wenn er starb, würde Mona auch sterben. Wenn man seinen Leichnam schließlich finden würde, wäre Mona längst verhungert.

Harry hielt die Schlange vor sein Gesicht, so dicht, wie er es gerade noch verantworten konnte. Ihr tödliches Maul schenkte ihm ein leeres Grinsen. Würde er die Minuten, die ihm nach einem Schlangenbiss blieben, dazu nutzen, Mona zu befreien? Würde er Monas Leben retten? Oder wäre er lieber im Tod mit ihr vereint? Harry wusste keine Antwort. Seine Ratlosigkeit ärgerte ihn. Mehr noch, sie ließ nichts als Leere zurück. Die Unsicherheit war das einzige Gefühl, das ihm noch geblieben war. Auch die Schwarze Mamba konnte ihm keine Antwort geben, ganz gleich, wie lange er diese tödliche Sphinx anstarrte. Er fühlte sich für den Bruchteil einer Sekunde versucht, sie zu küssen, ließ sie dann aber zurück in den Behälter gleiten.

Harry zwang sich aufzustehen. Er reckte sich, atmete tief durch und gewann seine Selbstbeherrschung langsam zurück. Er hatte eine Situation geschaffen und musste jetzt entscheiden, wie damit umzugehen war. Niemand würde ihm abkaufen, dass er Mona versehentlich eingesperrt hatte. Würde er Mona jetzt freilassen, so würde sie ihre Angst verbergen und zu ihrem vergreisten Gatten zurückrennen, der dann zweifellos die Polizei informierte.

Gut möglich, dass sie auf eine Anzeige verzichten würde, aber mit Sicherheit würden Polizei und Paparazzi vor seiner Tür stehen. Die Sache würde sich herumsprechen. Im Internet würde ein Sturm wüten. Er wäre plötzlich Harry Cubs, der Perverse, der Abartige. All das, was die Leute schon immer über ihn gedacht, aber nie laut ausgesprochen hatten, weil er ein viel zu angesehener Musiker war, würde bald die Runde machen.

Und das Getuschel würde lauter werden. Die Leute würden ihn während seiner Auftritte unterbrechen, würden dazwischenreden, ihn stören. Man würde die Ohren vor dem verschließen, was er zu sagen hatte. Man würde über ihn lachen. Er wäre auf einmal eine Witzfigur. Harry Cubs wäre nur noch eine Hülle, eine Parodie seiner selbst. Sinnlos, sich etwas vorzumachen: Wenn er Mona jetzt frei ließ, würde das Harry Cubs vernichten. Damit Harry Cubs überleben konnte, musste er Mona begreiflich machen, warum er sie eingesperrt hatte. Sobald sie ihn verstanden hatte, würde sie auch einsehen, dass sie nicht mehr zu Serge zurückkehren konnte.

Zum jetzigen Zeitpunkt konnte sie natürlich noch nicht nachvollziehen, auf welche Weise Harry ihr zu helfen versuchte, denn Serge hatte sie geschwächt, hatte sowohl ihr selbstständiges Denken als auch ihre Autonomie ausgeschaltet. Harrys Aufgabe bestand also vor allem darin, Mona die Möglichkeit zur Selbstbestimmung zurückzugeben. Er musste ihr wieder zu ihrer alten Stärke verhelfen. Der Kraft, die es ihr ermöglicht hatte, alleine als junges Mädchen von Ungarn nach London zu ziehen.

Erst dann würde Mona begreifen, warum Harry keine andere Wahl geblieben war. Harry Cubs hatte die Pflicht, ihr zu helfen. Leider war er gezwungen, gegen Monas Willen zu handeln. Andererseits war es nicht ihr Wille, sondern Serges. Wie konnte er gegen den Willen einer Person handeln, die keinen eigenen Willen mehr besaß?

Ja, sobald Mona wieder ohne fremden Einfluss über ihre Ziele und Bedürfnisse nachdenken konnte, würde sie begreifen, warum Harry sich gezwungen sah, das zu brechen, was nur eine Illusion des freien Willens gewesen war. Harry musste sich ab jetzt darauf konzentrieren, die Umstände zu schaffen, unter denen Mona wieder aufblühen konnte. Da er im Sinne des Gesetzes ein Verbrechen begangen hatte, musste er nun dafür sorgen, alle Spuren zu beseitigen und keinen Verdacht zu erregen. Harry Cubs musste an die Arbeit gehen.

*

Auf der Fahrt zum Pico Drive, wo er Mona aufgelesen hatte, hörte Harry »Workin' with the Miles Davis Quintet«. Ein heiteres Album, das er an diesem Tag als Salut empfand. Als beschwingten Gruß an einen Mann, der genau wusste, was er tat. Die Musik hatte Tempo, und Harry fuhr schnell. Schließlich sah er den roten Karmann-Ghia, den Mona auf der anderen Straßenseite abgestellt hatte. Er ging vom Gas und schaute sich nach anderen Fahrzeugen und Überwachungskameras um. Plötzlich hämmerte sein Herz so heftig, dass er die Musik nicht mehr hören konnte. Wenn es hier Kameras gab, wäre es nur eine Frage der Zeit, bis er aufflog. Man würde Monas Karmann-Ghia bald finden, und bei der Überprüfung der Aufzeichnungen aller in der Nähe installierten Kameras würde man sehen, wie Mona in sein Auto gestiegen war, und dann ... dann wäre Harry Cubs gestorben. Harry zwang sich trotz seiner Panik, genau hinzuschauen. Da war nichts. Keine einzige Überwachungskamera, so gründlich er sich auch umsah.

Er kämpfte seine Aufregung nieder. Es war noch zu früh, um sich in Sicherheit zu wiegen. Einige hundert Meter weiter wendete er und hielt auf dem Rückweg wieder nach Kameras Ausschau. Nichts ... nichts, nichts, nichts. Harry schloss die Augen und atmete erleichtert aus. Die Polizei würde keinen Anhaltspunkt dafür finden, dass Mona in sein Auto gestiegen war. Harry konnte seine Mission ungehindert fortsetzen.

Auf der Rückfahrt zum Laurel Canyon rief er Chuck an und ließ ihn wissen, dass er sich bis zum Beginn der nächsten Tournee selbst um die Schlangen kümmern werde. Chuck klang nicht gerade erfreut. Auch die Putzfrau schien enttäuscht, als er ihr bis auf weiteres absagte. Ja, natürlich stand Weihnachten vor der Tür. Aber Weihnachten war ihr Problem, nicht seines.

Das Klopfen im Panic Room war verstummt. Jeder Mensch trug nur ein bestimmtes Maß an Wut in sich. Das hatte ihn das Gewichtheben gelehrt. Man erreichte immer einen Punkt, an dem die Wut der Erschöpfung wich. Mona war jetzt wahrscheinlich erschöpft, ohne dass sie dabei von der Zufriedenheit belohnt wurde, die einem anstrengenden Work-out folgte. Inzwischen hatte sie sicher begriffen, dass sie nicht zufällig eingesperrt worden war. Die damit verbundene Frustration würde noch nicht der Verzweiflung gewichen sein – die würde erst später einsetzen –, sondern der Angst. Ihre Fantasie würde von zwei entsetzlichen

Szenarien beherrscht werden. Erstens musste sie befürchten, im Panic Room, diesem Hollywood-Kerker, zu sterben. Sie würde sich fragen, ob der Zweck ihrer Einkerkerung darin bestand, sie langsam verhungern zu lassen. Woher sollte sie wissen, dass dies nicht Harrys Absicht entsprach? Sie konnte sich nicht mehr auf ihre Instinkte verlassen, jede Vermutung musste ins Leere laufen. Sie hatte zweifellos erkannt, dass sie eingesperrt war, weil sie den Fehler begangen hatte, Harry zu vertrauen. Wie konnte sie da die Gewissheit haben, dass er sie nicht tötete oder in ihrem Gefängnis krepieren ließ? Sie war auf Gedeih und Verderb seiner Gnade ausgeliefert, war vollkommen abhängig von seinem Schicksal. Wenn er bei einem Autounfall getötet oder auch nur ins Krankenhaus eingeliefert werden würde, würde sie sterben. Die Kontrolle über ihr Leben war ihr vollständig entzogen worden.

Aber das war natürlich schon vorher der Fall gewesen, denn Serge hatte ihr Leben kontrolliert. Nur war sie sich dessen nicht bewusst gewesen. Harry hoffte, Mona in dieser Hinsicht zur Besinnung bringen, ihr durch die Einkerkerung begreiflich machen zu können, wie kostbar die Freiheit war. Ihr Bewusstsein dafür zu wecken, dass sie sich in Wahrheit danach sehnte, nicht mehr von einem anderen Menschen dominiert zu werden. Er wollte ihre verschütteten Sehnsüchte freilegen.

Die zweite Befürchtung, die Mona quälte – Harry

war sich dessen sicher –, war jene, dass Harry sie vergewaltigen und auf grausame Art foltern könnte. Es lag nahe, dass Mona ihm die schändlichsten Absichten unterstellte.

Mona würde vermutlich reagieren wie ein verwundetes Tier. Ihr erster Impuls wäre der Angriff. Darauf musste sich Harry gefasst machen: Zuerst musste er ihre Aggression abwehren und dann ihr Vertrauen gewinnen, und zwar an jenem sicheren Ort, an dem sie sich jetzt befand.

Harry überlegte, welche Waffe er mitnehmen sollte, wenn er Mona im Panic Room gegenübertrat. Er wollte ihr weder wehtun noch von ihr verletzt oder überwältigt werden. Er ging in Gedanken unterschiedliche Waffen durch – Baseballschläger, Messer, Pfefferspray –, entschied sich am Ende jedoch für die Magnum, die er aus einer Laune heraus gekauft hatte und seither im Safe unter der Treppe aufbewahrte.

Harry wäre nie auf die Idee gekommen, sich eine Waffe zuzulegen. Aber eines Tages war er an einem Waffenladen vorbeigelaufen, und er musste daran denken, dass es Menschen gab, die – ausgestattet mit einem IQ, der gerade einmal dazu ausreichte, sich eine Crack-Pfeife anzustecken – mindestens vier halbautomatische Gewehre besaßen. Denen war er hilflos ausgeliefert. Der Gedanke ließ sich nicht mehr verdrängen. Schließlich hatte er sich umgedreht, war zum Laden zurückgegangen und hatte sich die Magnum gekauft.

Kaum zu Hause angekommen, packte ihn wieder die Angst. Er saß auf seinem Sofa und wog die Waffe in den Händen. Das kühle, schwere Metall ließ seinen Kopf schwirren. Schließlich beschloss er, die Magnum im Safe zu verwahren. Der Safe war der einzige Ort, an dem die Waffe in Sicherheit war – vor allem vor ihm selbst.

Jetzt war es an der Zeit, die Waffe zu holen. Harry erwog kurz, sie nicht zu laden. Schließlich wollte er Mona nicht umbringen, sondern sie nur an der Flucht hindern. Doch vielleicht musste er einen Warnschuss abfeuern, um ihr klarzumachen, dass das kein Spiel war. Ja, ein Schuss könnte heilsam sein, denn er wäre wie ein Weckruf, der ihr signalisierte, dass eine neue Phase ihres Lebens angebrochen war.

Harry fragte sich, wie er Mona nach dem Betreten des Panic Room, den er als ihr Zimmer zu betrachten begann, bändigen konnte. Er besaß weder Seile noch Draht. Sein Werkzeugkasten enthielt einen Hammer, einen Schraubenzieher und ein paar Batterien. Nicht gerade das Sortiment eines Alphatiers.

Harry lachte in sich hinein. Geschlechterrollen waren ihm scheißegal, auch wenn seine Erscheinung oder das, was er auf der Bühne über Frauen und seine gescheiterten Beziehungsversuche sagte, den Leuten etwas anderes suggerierte. Man musste kein Football-Fan sein, Bier saufen oder Schwule hassen, um sich wie ein Mann zu fühlen. Harry unterstützte sogar öffentlich die Eheschließungen Homosexueller und war stolz darauf. Dies, aber auch die Tatsache, dass er fast nie mit einer Frau gesehen wurde, hatte im Internet Gerüchte über seine sexuellen Neigungen angeheizt. Wenn er »Harry Cubs« in die Suchmaschine eingab, erschien sofort das Wort »schwul«. Ihm war das egal. Die Angriffe homophober Idioten bedeuteten ja nur, dass sich Teile der männlichen Bevölkerung durch ihn bedroht fühlten.

Harry schloss die Augen und kratzte sich an der Stirn. Seine Gedanken waren abgeschweift. Er drückte sich vor der anstehenden Aufgabe, Mona gegenüberzutreten. Er zwang sich, die Augen wieder zu öffnen. In einen Baumarkt zu fahren und dort Seile oder Draht zu kaufen, kam nicht infrage. Das Risiko war zu groß. Harry brauchte keinen Big Brother, denn er hatte seine Fans. Es reichte, wenn einer von ihnen ein Handy-Foto mit der Unterschrift »Harry Cubs kauft Weihnachtsgeschenke« postete. Wenn sich dieses Foto verbreitete, wäre er erledigt. Harry wippte auf seinem Bürostuhl und trommelte mit seinen Handflächen auf die Armlehnen. Er hatte nichts im Haus, um Mona zu fesseln. Gerade als er begann sich selbst als Versager und Feigling zu beschimpfen, so wie es sein Vater immer getan hatte, kam ihm der erlösende Einfall.

Vor Jahren hatte er eine Affäre mit einer Frau gehabt, die bei einem Radiosender in Los Angeles als DJ gearbeitet hatte. Sie hatte ihn interviewt, danach waren sie Essen gegangen. Das Dinner hatte zu Sex geführt und der Sex zu weiteren Dinners, nach denen sie wiederum Sex gehabt hatten. Schon bald hatte ihn die Frau gelangweilt. Sie war irgendwie prüde, obwohl sie sich wie ein Silver-Lake-Hipster gab. Als er sie zum ersten Mal gevögelt hatte, war sie hin und weg gewesen. Als hätte sie gerade ihre sexuelle Befreiung erlebt. Doch nachdem er Analsex wollte, hatte sie ihn angestarrt, als wäre er ein Massenvergewaltiger. Wirklich ermüdend war jedoch die Tatsache gewesen, dass sich in ihrem Bücherregal außer einem Band »Bücher, die man gelesen haben muss« nur Selbsthilfe-Lektüre befunden hatte. Genau genommen hatte er diese biedere Verkörperung absoluter Intelligenzlosigkeit nur gefickt, weil er die Möglichkeit dazu hatte, und er ekelte sich vor sich selbst. Nein, das war nicht im Sinne von Harry Cubs.

Kurz bevor er beschloss, ihre Anrufe nicht mehr zu beantworten und den Kontakt abzubrechen – er hätte ihr sowieso nichts sagen können, das nicht verletzend oder verlogen gewesen wäre –, hatte sie ihn mit einem Paar edler, in Leder gefassten Stahlhandschellen beeindrucken wollen. Damals konnte Harry nichts damit anfangen. Macht- und Unterwerfungsspielchen dieser Art interessierten ihn nicht. Weder auf der Bühne noch im Bett. Nachdem sie gegangen war, hatte er die Handschellen in einen alten Turnschuh gesteckt und tief in seinem Kleiderschrank vergraben. Und genau dort würde er sie jetzt wieder ausgraben.

Harry eilte hinauf in sein Schlafzimmer. Die Turnschuhe standen noch am alten Platz, als geduldige Hüter seiner Erlösung.

Nachdem sich Harry mit Handschellen und Pistole bewaffnet hatte, trat er auf den Balkon und griff nach dem Fernglas. Das Wohnzimmer im Electra Drive war hell erleuchtet. Serge telefonierte. Die Art, wie er herumwirbelte und den Raum abschritt, hatte etwas Hektisches. Es war die Körpersprache eines Machtmenschen, der mit einem unbekannten Gefühl konfrontiert wurde. Das Gefühl, die Kontrolle verloren zu haben. Harry grinste. Es war nie zu spät, etwas Neues zu lernen. Serge sollte ihm für diese Lektion dankbar sein.

Zeit, zu Bett zu gehen. Harry brauchte Ruhe. Morgen würde er sich mit Mona auseinandersetzen müssen, und dazu bedurfte es all seiner Kraft und Konzentration. Bis dahin würde er Mona sich selbst überlassen. Eine einsame Nacht ohne Essen würde ihr gut tun. Am Morgen wäre sie dann so ausgelaugt und verängstigt, dass sie sich vielleicht sogar freuen würde, Harry zu sehen. Bevor er die Augen schloss, fiel sein Blick auf die Magnum, die auf dem Stuhl neben seinem Bett lag.

08

Harry stand vor der Tür. Er hielt einen Moment inne, um seine Gedanken zu sammeln. Er wog die Pistole in der rechten Hand, tastete nach den Handschellen, die in der linken Tasche seiner Cargo-Hose steckten. Dann tippte er den Zugangscode ein und hörte, wie die Bolzen zurückglitten. Er öffnete die Tür nur einen Spalt breit, zwängte sich hindurch und schloss sie wieder.

Wie vorhergesehen, hatte Mona ihm aufgelauert. Während er in aller Eile den Code eintippte, um die Tür hinter sich zu schließen, sprang sie ihn schreiend und heulend von hinten an. Sie biss ihn wie ein wildes Tier ins Ohr und stach mit einer Plastikgabel auf seinen Rücken ein. Sie kämpfte mit all ihrer verbliebenen Kraft, aber es reichte nicht. Harry widerstand ihrem Angriff ohne Mühe. Er fuhr herum, packte ihr Handgelenk und drückte ihr die Pistole auf die Brust. »Stillhalten«, zischte er.

Mona gehorchte sofort. Harry ließ den Blick auf ihrem verzerrten Gesicht ruhen, in dem das Leiden der letzten fünfzehn Stunden seine Spuren hinterlassen hatte. Er nahm die Pistole rasch in die linke Hand, mit der er Mona gehalten hatte, und legte ihr rechtes Handgelenk in die Handschellen. »Umdrehen!«, befahl er und war erstaunt über seinen aggressiven Ton. Ein sicheres Zeichen für Stress, und Stress war in dieser Situation nicht hilfreich. Er musste seine Gefühle zügeln, wenn er Mona nicht noch mehr verängstigen wollte. Dies war, egal nach welchen Maßstäben, egal für welchen Menschen, eine schlimme Situation. Er musste sie so steuern, dass sie sich am Ende als produktiv und fruchtbar erwies. Er musste freundlich bleiben.

Aber sein barscher Ton verfehlte seine Wirkung nicht. Mona gehorchte, und er schloss die Handschellen hinter ihrem Rücken. Dank seiner Magnum war die Situation nicht eskaliert. Sie hatte Mona in Todesangst versetzt und dafür gesorgt, dass sie gehorsam war. Mona hatte offensichtlich den Willen, zu überleben. Ein gutes Zeichen.

Mona starrte ihn an. Sie atmete schwer. Ihr Gesicht war gerötet, die Augenlider waren geschwollen. Sie standen sich gegenüber, einen halben Meter voneinander entfernt, Mona mit auf den Rücken gefesselten Armen, Harry mit der Waffe in der Hand, die er auf sie gerichtet hielt. Er hatte damit gerechnet, dass sie etwas sagen würde wie: »Was willst du von mir?«, doch sie blieb stumm. Das erleichterte die Sache. Harry übernahm das Reden gern. Daran war er gewöhnt.

»Ich werde dir nicht wehtun. Ich werde deine Lage nicht ... ausnutzen. Ich habe keine schändlichen oder bösen Absichten. Ich möchte dich nur bitten, mir eine Weile deine Aufmerksamkeit zu schenken und ...« Harry hatte gerade seinen Rhythmus gefunden, als Mona ihn unterbrach.

»Und was dann?« Harry mochte ihren Ton nicht.

Sie klang emotionslos, brachte ihn aus dem Takt. So etwas war ihm neu. Er schluckte und unterdrückte die Verärgerung, die in ihm aufstieg.

»Hör mich einfach an, ja? Ich verspreche, dass dir nichts Schlimmes passiert. Betrachte dies einfach als Intervention. Als eine radikale Tat, die dir bewusst machen soll, dass du in deinem Leben einen radikalen Einschnitt brauchst.« Harry hatte seinen Rhythmus wiedergefunden. Das war entscheidend, darum ging es ihm – beim Reden wie in der Musik. »Ich habe im Laufe meines Lebens viele Menschen kennengelernt, mehr Menschen, als die Mehrheit der Bevölkerung je kennenlernen wird. Diese Begegnungen haben mir einen einzigartigen Einblick in die menschliche Psyche verschafft. Und ich erkenne etwas in dir ...«

Mona sah ihn mit großen Augen an. Harry spürte, wie es ihm die Kehle zuschnürte. Er musste heftig husten. Was war los mit ihm? Auf der Bühne passierte ihm das nie.

»Verzeihung ...«, fuhr er fort. »Ich erkenne etwas sehr Besonderes in dir, das tief unter einem Berg von geistigem und emotionalem Schutt begraben ist. Du verfügst über ein gewaltiges Potenzial, aber das ist dir nicht bewusst, weil dein Kopf dich blockiert. Und weil du so besonders bist, habe ich zu einer extremen Maßnahme gegriffen und dich in diesem Raum eingesperrt ... um die Kraft freizusetzen, die in dir schlummert.

Glaub bitte nicht, dies wäre ein Gefängnis. Nein, es ist ein Raum, in dem du dich konzentrieren und auf dich selbst besinnen kannst. Auf die tief in dir verborgene Kraft. Du bist ein wunderschöner Mensch. Aber deine Schönheit wird ... von einem Gedankenkorsett eingezwängt und kleingehalten. Und ich habe meinem Gefühl nach die Verantwortung, dich aus diesem Korsett zu lösen. Dir die Freiheit zu schenken. Selbstbestimmung. Damit deine Schönheit aufblühen kann ...«

»Du bist doch wahnsinnig!«

Schon wieder. Sie hatte ihn schon wieder unterbrochen. Gerade, als er das Gefühl hatte, in sich zu ruhen, hatte sie ihn aus dem Takt gebracht. Warum konnte sie ihn nicht ausreden lassen, verdammt nochmal? In seinem Kopf heulte die Stimme der Wut. Aber Harry würde diese Stimme zum Schweigen bringen. Die Wut durfte ihn nicht überwältigen. Mona war noch nicht bereit. Ihr Mangel an Respekt war ein letztes Echo des Größenwahns ihres wahren Peinigers.

Anstatt ihren Einwurf mit einer Antwort zu würdigen, schleuderte Harry Mona gegen die Wand. Es gefiel ihm nicht, so brutal zu sein, aber es war unvermeidlich, und er tat es genauso kraftvoll und beherrscht, wie er den Raum betreten hatte. Dies war nicht der Moment für Rührseligkeiten. Dies war der Moment, die Dinge anzupacken.

Mona geriet aus dem Gleichgewicht und stürzte auf ihren Arm. Während sie vor Schmerz aufschrie, tippte er den Code ein, zog die Tür auf und schlüpfte hindurch. Er hielt den Atem an, bis er hörte, wie die Bolzen wieder einrasteten. Sein Kopf schwirrte, und er hatte weiche Knie. Er lehnte den Rücken gegen die Tür und ließ sich zu Boden gleiten. Sein Hinterkopf stieß gegen das Metall. Harry schloss die Augen. Er hatte das Gefühl, von der Last der Verantwortung erdrückt zu werden. Ihm stand eine schwere Aufgabe bevor.

*

Harrys nächster Versuch, zu Mona durchzudringen, erwies sich als erfolgreicher. Sie saß noch da, wie er sie verlassen hatte, mit auf den Rücken gefesselten Händen, wirren Haaren und vom Weinen aufgedunsenen Gesicht, und starrte niedergeschlagen zu Boden.

»Wenn du mich ausreden lässt, bringe ich dir etwas zu essen«, versprach er. Mona schwieg. Das reichte ihm nicht. Er wollte sich nicht noch einmal unterbrechen lassen.

»Lässt du mich jetzt ausreden? Wenn du jetzt nicht antwortest, gehe ich wieder!« Harry brauchte nicht lange zu warten. Mona nickte und wimmerte leise. Der Hunger war stärker als der Hass auf ihn.

»Ich weiß, du bist wütend auf mich. Das ist eine völlig verständliche Abwehrreaktion. Dadurch ist es schwer für dich, meine Beweggründe zu verstehen. Aber ganz rational gesehen, habe ich dich befreit. Du fühlst dich eingekerkert, aber glaube mir, das echte Gefängnis war dein bisheriges Leben.«

Mona starrte immer noch zu Boden. Harry wusste nicht, ob sie ihm tatsächlich zuhörte, aber sie fiel ihm wenigstens nicht ins Wort.

»Wenn du dich beruhigt hast, wird dir dieser Raum die Möglichkeit geben, dein Leben mit der nötigen Distanz zu betrachten. Ich verspreche dir, du wirst zu dir selbst finden, dein wahres Ich wird sich vor dir ausbreiten und mit ihm wird die Ahnung in dir reifen, wie vollkommen dein Leben sein kann, wenn du diese Katharsis erst hinter dir hast. Du musst das verstehen, Mona: dich hierher zu bringen, war der erste notwendige Schritt, um dich zu befreien. Selbst hättest du ihn nicht gewagt.«

Er fühlte sich nun sicherer und verzichtete darauf, die Waffe auf Mona zu richten. Das war eine Erleichterung, denn die Magnum löste immer noch Unbehagen in ihm aus. Harry Cubs Waffen waren das Saxophon und die Worte, während die Pistole in seiner Hand ein Risiko darstellte.

»Lass nicht zu, dass dich Angst und Wut blockieren«, appellierte er an sie. »Ich weiß, es ist schwierig für dich, mir in dieser Situation zu vertrauen. Aber ich bitte dich: Versuche einfach, dich auf die Situation einzulassen.«

Der fehlende Blickkontakt verstörte Harry. Aber er durfte nicht ungeduldig sein. Sie hatte ihn nicht unterbrochen. Das musste er ihr zugutehalten. Harry setzte zum Finale an:

»Jetzt bist du hier. Ich gebe dir mein Wort, Mona, du wirst diesen Raum als stärkere Person verlassen, als du ihn betreten hast.«

Harry wartete nicht auf Monas Reaktion, sondern ging zur Tür und tippte den Code ein. Mona, die offenbar befürchtete, dass er verschwinden würde, ohne ihr etwas zu essen zu geben, schrie verzweifelt auf. Harry drehte sich um.

»Keine Angst. Ich halte mein Versprechen.«

Mona sah ihn an, und er konnte in ihren Augen einen Funken erkennen, der ihn für all die Anstrengungen und Sorgen der letzten vierundzwanzig Stunden – oder wie viele es auch gewesen sein mochten – entschädigte.

Harry, der darauf achtete, Mona nicht den Rücken zuzukehren, lehnte die Tür an und ging zu den Vorräten, die er draußen bereitgestellt hatte: Müsliriegel, Bananen, Mineralwasser, Nüsse, Trockenobst, zwei Decken, Toilettenpapier, Zahnbürste und Zahncreme, Seife, einige Handtücher, T-Shirts, Sweater und frische Unterwäsche, die er bei *Target* gekauft hatte. Die Slips waren schlicht und alles andere als sexy. Harry wollte nicht, dass Mona auf falsche Gedanken kam.

Schließlich kehrte er zu Mona zurück. Sie hielt

den Kopf gesenkt, ihre Haare verdeckten ihr Gesicht.

»Mona, bitte sieh mich an.«

Mona starrte weiterhin zu Boden, weigerte sich, ihm in die Augen zu schauen. Belohnte sie ihn so dafür, dass er ihr zu essen gebracht und dafür gesorgt hatte, dass es ihr an nichts fehlte? Glaubte sie tatsächlich, dass er auf diese Art von Machtspielchen anspringen würde? Die Ungeduld regte sich in Harry wie eine bösartige Krankheit. Er fühlte sich versucht, ihr mit seinen Militärstiefeln einen Tritt zu verpassen. Dann würde sie bestimmt aufblicken. Aber das kam nicht infrage. Harry Cubs hatte seine Gefühle im Griff. Dies waren außergewöhnliche Umstände, und sie erforderten ein außergewöhnliches Maß an Umsicht.

»Na, schön. Wie du willst. Ich hätte dich von den Handschellen befreit, aber wenn deine Strategie in passivem Widerstand besteht, habe ich keine Wahl. Mal schauen, ob du es schaffst, das Essen auszupacken.« Harry wandte sich zum Gehen. Er wollte gerade durch die Tür treten, als er ein gequältes Stöhnen hörte.

»Warte!«

Harry blieb stehen, drehte sich aber nicht um.

»Warte ... bitte!«

Er atmete tief ein, um Zeit zu gewinnen. Sein Tonfall würde jetzt von entscheidender Bedeutung sein. Er durfte sich keinen Fehler erlauben. Als er sich zu Mona umdrehte, spürte er, dass ihre blauen Augen auf ihm ruhten.

»Nur, damit du mich richtig verstehst, Mona ...« Harry artikulierte jedes Wort deutlich und bemühte sich, weder herablassend noch feindselig zu klingen. Er wollte auf keinen Fall die Vaterrolle einnehmen. Der »Daddy« war Serge.

»Dieser Raum befindet sich zwar fernab vom Alltag, aber auch hier gelten die Regeln der Höflichkeit. Ich werde mich daran halten, und ich erwarte das Gleiche von dir. Verstanden?«

Mona nickte. Harry hätte sie gern aufgefordert, endlich den Mund aufzumachen, aber er hielt sich zurück. Schließlich war er kein Drill-Sergeant. Außerdem verriet Monas Blick, dass sie vor Angst nicht mehr klar denken konnte. Er musste ihren Respekt gewinnen – wie jede andere Beziehung musste auch ihre auf gegenseitiger Wertschätzung und Achtung beruhen. Harry musste allerdings ebenso dafür sorgen, dass Mona sich wieder entspannte. Furcht war nicht das Fundament, auf dem er ihr Selbstvertrauen aufbauen konnte. Er musste sowohl streng als auch freundlich sein, durfte den Bogen nicht überspannen.

»Vergiss nicht: Von mir hast du nichts zu befürchten. Ich verspreche, dir nichts Schlimmes anzutun«, wiederholte Harry. Er hatte diese Worte noch nicht ganz ausgesprochen, da wurde ihm bewusst, dass er dieses Mantra nicht nur an Mona richtete, sondern auch an sich selbst.

Harry konnte die Handschellen mühelos öffnen.

Mona war gehorsam und ließ durch keine Bewegung erkennen, dass sie sich gegen ihn wehren oder ihn angreifen wollte. Auf seine Frage, ob ihr noch etwas fehle, antwortete sie, dass sie Tampons brauche. Ein wunderbarer Moment. Der erste echte Austausch, seit er sie eingesperrt hatte. Ein Gespräch, wie es zwischen Ehepartnern oder Geschwistern stattfinden konnte. Zwischen zwei Menschen, die Intimität miteinander teilten.

Nachdem Harry Monas Raum verlassen und die Tür verriegelt hatte, erfüllte ihn Stolz. Sie hatte endlich Vertrauen zu ihm gefasst, und ihr Miteinander hatte sich durch eine Normalität und Alltäglichkeit ausgezeichnet, die er als tief befriedigend empfand. Das war neu für ihn. Bisher hatte es ihm immer davor gegraut, körperliche Nähe mit emotionaler Intimität zu verbinden und damit alle Schranken zu öffnen. Seiner Ansicht nach lohnte es sich nicht, beides aufzugeben, nur um der Einsamkeit zu entgehen. Mit der Einsamkeit hatte Harry nie ein Problem gehabt. Mit der Selbstaufgabe dagegen schon. Aber diese Einstellung änderte sich gerade. Vielleicht war die Intimität zwischen zwei Menschen gar nicht so übel. Vielleicht wäre er sogar noch mehr er selbst, wenn er den richtigen Menschen an seiner Seite hätte, einen, dem er sich öffnen konnte. Ja, vielleicht stimmte es doch: Vielleicht konnten zwei Menschen einander ergänzen.

Als Harry im Auto saß und das Tor mit der Fernbedienung öffnete, fühlte er sich so glücklich wie seit Jahren, wahrscheinlich sogar seit Jahrzehnten nicht mehr. Er würde zum *RiteAid* in Koreatown fahren, weil man ihn dort ganz sicher nicht erkennen würde, und seine Einkäufe für Mona erledigen. Nach seiner Heimkehr wäre sie immer noch da.

*

Harry besorgte auch etwas zu essen aus einem chinesischen Take-away und einen Baumwollteppich, der den zellenartigen Raum gemütlicher machen sollte. Außerdem ein Buch, dessen Auswahl ihn einige Mühe gekostet hatte. Zuerst hatte er an Dostojewski gedacht, einen seiner Lieblingsschriftsteller, mit dessen Werken er sich während der Fahrten im Tourbus unzählige Stunden vertrieben hatte. Fürst Myschkin aus »Der Idiot« war einer seiner Lieblingshelden. Zu dieser Figur hatte er tiefere Gefühle entwickelt als zu jedem der Menschen, die ihm in seinem Leben bisher begegnet waren. Andererseits war »Der Idiot« nicht gerade eine heitere Lektüre. Und war es nicht etwas unhöflich, davon auszugehen, dass Mona diesen Roman, der zu den Klassikern der Weltliteratur zählte, noch nicht gelesen hatte? Außerdem stellte sich die Frage, wohin sie ein Gespräch über »Der Idiot« führen würde. Wäre es Mona bei der Suche nach größerer

Eigenständigkeit eine Hilfe? Nicht unbedingt, denn im Grunde besagte der Roman, dass ein wahrhaft guter Mensch auf dieser von Macht, Geld und Sex besessenen Welt nur im Irrenhaus überleben konnte. Ja, Harry liebte Fürst Myschkin, aber dies war nicht das Russland des neunzehnten, sondern das Amerika des einundzwanzigsten Jahrhunderts. Ein Land, das viele sehr schlechte, aber auch viele sehr gute Seiten hatte. Es bot Raum für das Gute im Menschen. Harry Cubs liebte Amerika. Dafür würde er Mona die Augen öffnen.

Er beschloss, Mona eines seiner eigenen Bücher zu schenken, eine Zusammenstellung dessen, was er über Amerika, über Freiheit und Selbstbestimmung gesagt hatte. Es war 1989 erschienen und nach einer gewissen Anlaufzeit zu einem Bestseller geworden. Ein Buch für Amerikas junge, zornige Männer – und Frauen. Diese Geste hatte etwas Eitles. Aber das Buch würde ihr zeigen, wer Harry Cubs tatsächlich war. Es würde die Zeit verkürzen, die sie brauchten, um sich besser kennenzulernen und zum eigentlichen Kern der Sache vorzudringen.

Harry traf Mona in einer besseren Stimmung an. Als er die Tür öffnete, zeigte sie sogar den Anflug eines Lächelns. Harry ermahnte sich zwar weiterhin, vorsichtig zu sein, aber er empfand eine große Befriedigung darüber, dass Mona sich ihm noch weiter öffnete. Sie hatte ihre erste Lektion gelernt. Sie war nicht mehr das verwundete instinktgesteuerte Tier, ihre Vernunft kehrte zurück. Sie hatte die Vorräte ordentlich in einer Ecke gestapelt und die Decken auf das Bett gelegt. Der Raum wirkte sauber. War darauf vorbereitet, mit Sinn und Bedeutung gefüllt zu werden.

»Danke«, sagte Mona, als er den Teppich ablegte. Sie griff nach den Tampons. Ihr Gesichtsausdruck verwirrte Harry, und er stand eine Weile ratlos da. Als sie schließlich sagte: »Ich muss die Toilette benutzen ... Würdest du dich bitte umdrehen?«, gehorchte er. Es war ihm peinlich, so wenig über den weiblichen Körper zu wissen.

Als er mit dem Gesicht zur Wand da stand und hörte, wie Mona sich setzte und mit der Tamponpackung raschelte, wurde ihm bewusst, wie riskant die Situation war. Es war unklug von ihm, Mona den Rücken zuzukehren. Andererseits empfand er das Risiko als reizvoll. Es erfüllte ihn mit einem brennenden, ganz neuen Verlangen. Nicht nur nach Nähe. Sondern danach, sich in Mona zu verlieren, auch wenn er dadurch die eigene Auslöschung riskierte. Ob es dieses Gefühl gewesen war, das Mona in die Arme von Serge getrieben hatte?

Die Sehnsucht nach Selbstauflösung erfasste Harry für einen Moment, wurde aber gleich von der Erinnerung an die Magnum in seiner Hand verdrängt.

Seine Waffe minimierte nicht nur das Risiko, von Mona überwältigt zu werden, sondern sie schützte ihn auch davor, sich selbst zu verlieren.

09

Sie saßen sich auf dem Teppich gegenüber, beide im Schneidersitz. Harry sah zu, wie Mona die von ihm mitgebrachten chinesischen Gerichte aß. Ihre Manieren waren so fein, ihre Gesten so anmutig, dass es eine Freude war, sie zu beobachten. Dieser Moment war so friedlich, dass Harry sich fragte, wie er je ohne Mona hatte leben können.

»Darf ich dich etwas fragen, Harry?« Mona riss ihn aus seiner Versunkenheit.

»Aber gern!«, erwiderte Harry aufgeregter, als ihm lieb war. Mona sollte nicht glauben, dass sie seinen Gemütszustand beeinflussen konnte.

»Wer ist dein bester Freund?« Mona betrachtete ihn mit unverholener Neugier. Sie ahnte offenbar nicht, welche Wirkung diese Frage auf Harry hatte. Er konnte ihr unmöglich wahrheitsgemäß antworten. Er hatte keine Freunde – das war eine Tatsache. Vor einer Woche hätte er vielleicht noch Sally genannt, aber das hatte sich erledigt. Sie war eine Angestellte. Eine Person, die sich um einen Teil seiner Bedürfnisse kümmerte, mehr nicht.

»Mein bester Freund ist schon lange tot«, erwiderte er stattdessen, unter anderem in der Hoffnung, Mona durch diese tragischen Worte davon abzubringen, die Leere in seinem Leben zu ergründen.

»Das tut mir leid. Darf ich fragen, wie er gestorben ist?«

»An einer Überdosis. Er hatte jahrelang auf seinen

Selbstmord hingearbeitet, und am Ende hat er es geschafft. Ich konnte ihn nicht mehr retten. Ich kam zu spät«, antwortete Harry mit gesenktem Blick. Die schwere, bedrückende Trauer, die ihn bei der Erinnerung an Petes Tod erfüllte, traf ihn vollkommen unvorbereitet.

»Weißt du, warum er sterben wollte?«

»Er wusste vermutlich nicht mehr, warum er weiterleben sollte. Ich habe versucht, ihm gute Gründe zu geben. Nehmen wir den Jazz – ein ziemlich guter Grund, wie ich finde. Ein anderer ist der, den Menschen Erfahrungen zu vermitteln, die sie weiterbringen ... Außerdem gibt es noch die Freundschaft. Ich habe mich immer darum bemüht, ihm ein echter Freund zu sein. Aber ich konnte ihn nicht überzeugen.« Harry spürte, wie ihm die Tränen kamen. Er umklammerte die Pistole, grub die Fingernägel in seine Handfläche. Solche Gefühle konnte er sich nicht erlauben. Nicht jetzt. Warum überkamen sie ihn überhaupt? Pete war Geschichte. Sein Tod war lange her. Er lag unter der Betonplatte, unter der Harry auch seinen Zorn über die Junkies begraben hatte.

»Wie traurig. Es war sicher schrecklich, einem Menschen, der dir so viel bedeutet hat, nicht helfen zu können.« Mona sprach mit sanfter Stimme. Sie war so einfühlsam. Trotzdem war Vorsicht geboten. Natürlich musste er ihr Vertrauen gewinnen, aber sie konnte das ausnutzen, um seine Entschlossenheit ins Wanken zu bringen. Er wünschte sich, dass ihre Beziehung auf gegenseitigem Respekt beruhte, aber es war noch zu früh, einen Hinterhalt auszuschließen. Er wusste sehr wohl um die weibliche Macht der Manipulation. Und Mona war eine Frau, egal wie einzigartig und kostbar sie als solche war. Auch sie besaß diese Macht.

Harry räusperte sich.

»Ja. Aber weißt du, man hat keine Wahl. Wenn ich an seinen Tod denke, ist das jedes Mal wie ein Arschtritt, der mich ermahnt, etwas Sinnvolles mit meinem Leben anzufangen, um nicht in den Strudel einer Depression zu geraten, der mich in die Tiefe zieht.«

»Bist du nie depressiv?«

»Natürlich kenne ich depressive Phasen, aber ich lasse nicht zu, dass sie mich beherrschen«, antwortete Harry.

Warum stellte sie die Fragen? Das war seine Aufgabe. Dieses Gespräch entwickelte sich in eine falsche Richtung.

»Hast du etwa ein Problem mit Depressionen, Mona?« Harry versuchte, die Rollenverteilung umzukehren.

»Nein. Manchmal bin ich traurig, aber nie depressiv. Im Grunde bin ich glücklich und zufrieden mit meinem Leben«, antwortete Mona gelassen. Sie versuchte offenbar, eher nüchtern als defensiv zu klingen. Aber Harry hatte nicht vor, sie von der Angel zu lassen.

»Wow ... Du bist also ›glücklich und zufrieden‹

mit deinem Leben. Meinst du nicht, dass du etwas zu großzügig mit dem Wort ›Glück‹ umgehst? Was genau verstehst du darunter? Mir scheint, dass du die Unterdrückung deines freien Willens mit Glück verwechselst. Du bildest dir ein, glücklich zu sein, obwohl du dich im Grunde den Bedürfnissen deines Mannes anpasst. Du hast im Koma gelegen, Mona! Und du ahnst es nicht einmal!«

Die Verzweiflung, die sich hinter Monas vermeintlichem Einfühlungsvermögen verbarg, brach sich Bahn: »Ich glaube, du sprichst von dir selbst, Harry! Hör auf, dein Unglück auf mich zu projizieren! Willst du dein Leben etwa als glücklich bezeichnen? Glückliche Menschen sperren ihre Nachbarn nicht im Keller ein!«

Harry schüttelte den Kopf. Mona hörte immer noch nicht richtig zu. Sie drehte sich im Kreis. Das betrübte ihn.

»Du brauchst Hilfe, Mona«, sagte er bittend. »Ich verspreche dir, alles für dich zu tun, was in meiner Macht steht. Aber du musst mir eine Chance geben und mir zuhören!«

»Wie kommst du darauf, dass ich Hilfe brauche?«, schrie Mona. »Welchen Anlass habe ich dir dazu gegeben? Du kennst mich doch überhaupt nicht! Du weißt nichts über mich!«

Nach diesem Gefühlsausbruch verstummte Mona, und Harry setzte an: »Ich weiß mehr über dich, als du glaubst, Mona. Wenn man wie ich dreißig Jahre auf Tour war, wird man zwangsläufig zu einem Experten für das, was in anderen Menschen vorgeht. Man lernt, ihre Körpersprache zu lesen. Die Körperhaltung verrät viel mehr über den Menschen, als man ahnt. Und als ich dich mit Serge gesehen habe, tja, da wusste ich sofort, dass du ein Problem hast. Eine wunderschöne Seele wie deine, verkrüppelt durch die Bedürfnisse eines Egomanen. Begreifst du denn nicht, dass er dich an den Rand drängt, sobald ihr gemeinsam in einem Raum seid? Er duldet keine ausgereifte Persönlichkeit neben sich. Und dir bleibt nichts anderes übrig, als dich so zurechtzubiegen, dass du in die für dich vorgesehene Lücke in seinem Ego-Puzzle passt. Du musst dich klein und krumm machen. Aber warum, Mona? Warum lässt du zu, dass ein so kostbares und schönes Geschöpf wie du unterdrückt und eingeschränkt wird?«

Harry redete auf Mona ein. Ein Dialog wäre ihm lieber gewesen, aber Mona war offenbar noch nicht so weit. Sie war immerhin so vernünftig, ihn nicht zu unterbrechen. Trotzdem sorgte ihr Verhalten dafür, dass sich Harrys Laune verschlechterte. Nachdem er ausgeredet hatte, stand er auf und verließ den Raum, ohne auf Monas Frage zu antworten, wann er wiederkomme.

Es war keine leichte Aufgabe, ein Lehrer zu sein.

Harry musste dafür seine ganze emotionale Kraft und all seine Geduld aufbringen. Höchste Zeit, ein paar Gewichte zu stemmen. Körper und Geist zu einer hochkonzentrierten Einheit zu verschmelzen. Eine Einheit, die Monas Versuch, ihn in ihr Spinnennetz aus Mitgefühl zu locken, abwehren konnte. Harry war kein Dummkopf. Er wusste, dass sie genau das versucht hatte.

Er hatte ihr Interesse an seinem Leben eine Weile genossen, aber es war richtig gewesen, ihr Einhalt zu gebieten. Sie musste wissen, dass sie ihn nicht manipulieren konnte. Es ging um einen offenen und ehrlichen Austausch. Ohne Hintergedanken. Mona musste das begreifen, damit sie akzeptieren konnte, was gerade mit ihr geschah.

Harry schloss die Augen, atmete tief ein und spürte seinen Körper. Das war die Realität. Das war der Sinn des Lebens. Etwas zu verändern. Er öffnete die Augen und begann, sich umzuziehen. Es war Zeit für sein Work-out.

*

Harry befand sich im Fitnessraum, als er hörte, wie jemand gegen das Tor klopfte. Es war die einzige Möglichkeit, sich bemerkbar zu machen, eine Klingel gab es nicht. Da Harrys Post an ein Postfach ging, das alle paar Tage von Sally geleert wurde, geschah das selten. Harry hatte eine Ahnung. Ein Blick aus dem Fenster bestätigte seine Vermutung. Es war Serge. Der gute, alte Serge. Offensichtlich aufgelöst und panisch. Harry ging nach unten. Seelenruhig, mit gelassenen Schritten. Er drückte auf den Summer, das Tor öffnete sich, und er trat hinaus in den Hof. Er war durchgeschwitzt von seinem Work-out. Ein gutes Gefühl.

»Hi, Serge. Kann ich Ihnen helfen?« Harry lächelte. Seine Gelassenheit überraschte ihn, und im nächsten Moment begriff er, dass er die Situation genoss.
»Ja. Erinnern Sie sich an Mona, meine Frau?«
»Aber sicher! Hey, warum kommen Sie nicht herein?«

Harry ging in die Küche und bot Serge einen Eistee an, den dieser bereitwillig annahm.

»Tja, wissen Sie, Mona ist weg. Vor zwei Tagen wollte sie etwas erledigen und ist seither nicht zurückgekehrt! Ich war schon bei der Polizei, um eine Vermisstenanzeige aufzugeben, aber dafür scheint es noch zu früh zu sein. Die Polizei glaubt, sie wäre nach einem Streit abgehauen. Man vermutet ein ... Beziehungsproblem.«

Serge wirkte wie ein kleiner Junge, der im Einkaufszentrum seine Mami verloren hatte. Er war nicht mehr der großspurige Filmemacher mit einem Ego, das kaum durch die Haustür passte. Er wirkte auf einmal verletzlich. Harry wurde bewusst, dass er nicht nur Mona, sondern auch Serge half, zu einem besseren Menschen zu werden.

»Und? Gab es einen Streit?«, fragte Harry, der sich um Monas mitfühlenden Ton von vorhin bemühte. Die Vorstellung, dass sich Mona und Serge gerade in demselben Haus aufhielten, ohne davon zu wissen, war so elektrisierend, dass es ihn große Anstrengung kostete, keine Miene zu verziehen. Er hätte am liebsten laut gelacht und Serge, der in seiner Küche saß und über das Verschwinden seiner Vorzeigefrau jammerte, die sich nur wenige Meter unter seinen Füßen befand, einen Vollidioten genannt.

»Nein, wir haben uns nicht gestritten! Im Gegenteil, wir haben uns darauf gefreut, das Weihnachtsfest zum ersten Mal als Ehepaar zu verbringen!«

Weihnachten. Das hatte Harry vollkommen vergessen. Am folgenden Tag war Weihnachten. Friede, Liebe, gemeinsame Stunden – all das, was andere Menschen mit den Feiertagen verbanden, kam ihm plötzlich in den Sinn. Diese Gedanken erregten ihn nur noch mehr. Das Unmögliche war geschehen: Endlich hatte Weihnachten auch für ihn eine Bedeutung. Er würde das Fest des Lichts und der Zuversicht mit einer Frau verbringen, die er achtete und deren Gesellschaft er genoss.

Sobald sich dieser Gedanke gesetzt hatte, verspürte er den geradezu pawlowschen Reflex, Mona etwas zu schenken. Etwas, das sie zum Lächeln brachte.

Denn im Augenblick gab es für Harry nichts Schöneres, als Mona lächeln zu sehen. Ihr Lächeln wäre das Weihnachtsgeschenk, das er sich schon immer gewünscht hatte.

Harry sah auf die Uhr. Schon fast sechs. Die meisten Geschäfte würden bald schließen. Er geriet in Unruhe. Wenn er ein Geschenk für Mona kaufen wollte, das ihr ein echtes Lächeln entlockte, dann musste er sich beeilen. Harry sah Serge an. Er musste den Mann so schnell wie möglich abwimmeln, ohne dabei irgendeinen Verdacht zu erregen. Serge musste verschwinden. Sofort.

»Darf ich Ihnen ein bisschen Jazz vorspielen, Serge? Sie machen sich Sorgen, und vielleicht entspannt Sie das ...«

Als Harry an diesem Abend zu Bett ging, fand er keinen Schlaf. Er erinnerte sich an Monas Gesicht, an das Gefühl ihrer Haut, an den Blick, den er auf ihren BH erhascht hatte, und ihm wurde bewusst, wie sehr er sie begehrte. Und obwohl er versuchte, seine Lust zu unterdrücken, obwohl er sich in Erinnerung rief, dass er Mona nicht zu seiner sexuellen Befriedigung in sein Haus geholt hatte, konnte er nicht anders. In seinen Lenden pochte das Blut.

Er wusste genau, wonach sein Körper mit jeder Faser verlangte, und sein Verlangen war schmerzhaft. Das Gift trübte sein Denken, und je wilder er dagegen ankämpfte, desto schlimmer wurde es. Schließlich stand er auf und trat auf den Balkon. Das Haus im Electra Drive war hell erleuchtet, und Harry griff ohne zu zögern nach dem Fernglas. Er hatte gehofft, Monas Körper beim Anblick ihres panischen Mannes vergessen zu können. Aber als er Serge auf und ab laufen sah, das Handy in der einen und ein Glas Rotwein in der anderen Hand, wurde sein Verlangen noch größer. Das Bild von Mona und die Vorstellung, sie ganz für sich allein zu haben, überwältigten ihn. Er kam, ohne sich zu berühren.

10

Toll! Vielen Dank!« Mona lächelte ihn an, als er ihr das Geschenk überreichte. War ihr Lächeln echt? Harry hatte im Apple Store in der Grove einen iPod gekauft und stundenlang darüber nachgedacht, welche Jazzstücke er downloaden sollte. Er hatte sich mit der Auswahl der Musik gequält und eine Liste aufgesetzt, nur um sie zu verwerfen, neu zu schreiben und wieder zu verwerfen. Dieses Weihnachtsgeschenk sollte Mona viele Stunden unbeschwerter Freude bereiten. Sie hatte seine Mühe verdient.

Harry wollte ihren Horizont erweitern und ihr helfen, auf neues Terrain vorzudringen. Auf keinen Fall war er daran interessiert, ihr einen Bildungskanon zu präsentieren. Stattdessen hatte er Stücke ausgewählt, die von einer ähnlichen Anmut waren wie Mona sie besaß. Sie sollten Monas Schönheit entsprechen. Einer Schönheit, der sie sich offenbar nicht bewusst war, denn sonst wäre sie nicht mit Serge verheiratet.

Harry träumte davon, Mona durch diese Musik ins Bewusstsein zu rufen, wie kostbar sie war. Außerdem sollte die Musik, nüchterner formuliert, den Hintergrund bilden, vor dem seine Worte wirken konnten. Wie auf der Bühne. Doch im Gegensatz zu seinen Auftritten – das wurde ihm klar, als er das Gewicht der Magnum in der Hand spürte – ging es hier um Leben und Tod.

»Ich schlage vor, dass du mit Coltranes ›Stellar Regions‹ beginnst«, hörte Harry sich sagen. »Das ist ein großartiges – wie soll ich sagen? –, ein perfektes Stück, um reinen Tisch zu machen. Es trennt die Spreu vom Weizen. Es ... macht einen innerlich bereit. Öffnet den Geist ...«

»Wie in ›Turn off your mind, relax and float downstream‹?«, fragte Mona mit einem leisen Grinsen, das Harry nicht einordnen konnte. Machte sie sich über ihn lustig? Er starrte sie ausdruckslos an, wusste nicht, wie er reagieren sollte.

»Du weißt schon: Der Beatles-Song. Vom ›Revolver‹-Album?« fügte sie hinzu.

»Ja, ich weiß ...«, antwortete er knapp. Seine Armbeuge juckte. Warum tat sie ihm das an? Wieso spielte sie auf etwas an, das er als jemand, dessen Welt der Jazz war, nicht kennen konnte? Wollte sie ihn erniedrigen? Ihn mit einem Popzitat daran erinnern, dass er trotz seines Ikonen-Status auch nur ein Sterblicher war? Er spürte, dass er wieder im Sumpf des Unbehagens zu versinken drohte.

»Weißt du, was wunderbar wäre, Harry?«, fragte Mona und riss ihn aus seinen Gedanken.

»Was?«, fauchte Harry, der ihr noch nicht vergeben hatte.

»Wenn du Saxophon für mich spielen würdest. Im Keller eines legendären Jazzmusikers eingesperrt zu sein, muss doch auch seine Vorteile haben, oder?

Ein privates Konzert wäre fantastisch.« Mona strahlte wieder.

Wollte sie ihn etwa verführen? Wenn ja, dann irrte sie sich gewaltig. Von ihrer Laszivität würde sich Harry Cubs bestimmt nicht beeindrucken lassen. Diese Masche hatten die Frauen einmal zu oft bei ihm ausprobiert.

»Ich hoffe sehr, dass diese Situation auch noch andere Vorteile für dich hat, Mona. Vielleicht hast du ja inzwischen begriffen, dass ich dir helfen möchte, dich weiterzuentwickeln ...«

Mona nickte. »Ja, das habe ich begriffen. Ich war wohl etwas respektlos. Entschuldige. Ich wollte nur ein bisschen lustig sein. Während deiner Abwesenheit bin ich hier ganz allein, und dann wird es so ... dunkel, so klaustrophobisch. Das ist nicht einfach, weißt du ...«

Harry meinte zu spüren, dass Mona gerade die Wahrheit gesagt oder wenigstens zum ersten Mal einem Gefühl Ausdruck verliehen hatte, das echt war. Das war ein Fortschritt.

»Tut mir leid, dich hier einsperren zu müssen. Tut mir aufrichtig leid. Aber ich hoffe, dass die Stunden, die du allein verbringen musst, durch diese Musik erträglicher werden.«

Bevor Harry den Moment auskosten konnte, stellte sich Mona auf Zehenspitzen, beugte sich vor und küsste ihn auf die Wange.

»Vielen Dank«, sagte sie schlicht.

Dass er die Magnum hielt, schien sie nicht zu stören. Sie hatte befürchten müssen, von ihm geschlagen oder angeschossen zu werden. Der Kuss hätte sie das Leben kosten können. Aber sie hatte es trotzdem getan. Vielleicht vermutete sie, dass Harry ihr gegenüber nicht gewalttätig werden würde, weil ihn seine Gefühle für sie davon abhielten. Also hatte sie ihn gleichsam überrumpelt. Oder war ihre Zuneigung zu ihm einfach stärker, als ihre Angst zu sterben?

Der Juckreiz wurde schlimmer. Aber Harry würde ihm nicht nachgeben. Er musste sich konzentrieren. Was hatte dieser Kuss zu bedeuten und wie sollte er sich ab jetzt verhalten? Musste er Mona bestrafen? Sie daran erinnern, wer der Boss war? Wenn er das täte, würde er angespannt, vielleicht sogar nervös wirken. Den Eindruck erwecken, verzweifelt darum zu kämpfen, die Oberhand zu behalten. Er beschloss, den Vorfall auf sich beruhen zu lassen. Harry Cubs kannte sich mit Bewunderern aus. Er wusste genau, wie mit unerwünschter Zuneigung umzugehen war. Er konnte diese Zuneigung sogar genießen. Ja, er war die Ruhe selbst. Ein Kuss brachte ihn nicht gleich aus dem Konzept. Nicht einmal Monas Kuss, obwohl dieser eine süße Kostprobe dessen war, was er begehrte, sich aber, wie er sehr wohl wusste, nicht erlauben durfte.

»Ach so, ... nur für den Fall, dass du dir Sorgen um

Serge machst – ich habe gesehen, wie er in ein Taxi gestiegen ist. Nach seinem Gepäck zu urteilen, scheint er für eine ganze Weile verreisen zu wollen.« Sie war heraus. Die Lüge, die Harry den ganzen Tag geprobt hatte. Die Lüge, die für Mona einen schweren Schlag darstellen musste. Warum er sie ihr direkt nach ihrem Kuss aufgetischt hatte, wusste er nicht.

Er war froh, es hinter sich zu haben. Und er war zufrieden mit sich. Er hatte überzeugend geklungen und sich nur ein einziges Mal am Ellbogen gekratzt. Mona würde sicher nicht auf die Idee kommen, dies als ein Zeichen von Unsicherheit zu deuten.

»Oh ...«, erwiderte sie und suchte Halt an der Wand, eine Reaktion, die ihm Serge noch verhasster machte.

»Er denkt sicher, du wärst abgehauen ... Vermutlich hat er Anlass zu glauben, dass du nicht glücklich mit ihm warst«, fügte Harry hinzu. Diese Worte erschienen ihm nicht mehr als Lüge, sondern als Realität. Mehr noch, als unumstößliche Wahrheit.

Mona bat darum, sich setzen zu dürfen, und auf Harrys etwas zu überschwängliches »Aber sicher!« ließ sie sich zu Boden sinken und lehnte den Kopf gegen die Wand.

Harry versuchte, sie in ein Gespräch über ihre Lieblingsmusik zu verwickeln, und fragte, ob sie die Stücke mochte, die er für sie ausgesucht hatte. Ihre Antworten blieben einsilbig.

»Tut mir leid, dir das über Serge erzählen zu müssen, aber ich finde, du solltest die Wahrheit wissen«, sagte Harry zunehmend verärgert.

»Wenn man aufgewühlt ist, verhält man sich merkwürdig. Das ist nun mal so«, erwiderte Mona.

»Wenn meine Frau verschwunden wäre, würde ich die Polizei rufen. Ich würde bestimmt nicht sofort zu dem Schluss kommen, dass sie mich verlassen hat, und dann überstürzt abreisen. Aber das ist nur meine persönliche Meinung«, sagte Harry und zog die Augenbrauen hoch. Er versuchte, seinen Ärger zu dämpfen. Er durfte jetzt nicht aufgesetzt klingen.

»Du bist aber nicht verheiratet!«, gab Mona zurück. »Du hast ja nicht mal eine Freundin!«

Ihre Wut war verständlich. Harry versuchte, Ruhe zu bewahren: »Stimmt. Im Moment bin ich solo. Trotzdem weiß ich, wie sich ein Mann einer Frau gegenüber verhalten sollte, die er angeblich liebt.«

»Wenn du wirklich wüsstest, wie man sich Frauen gegenüber verhält, warum sperrst du mich dann hier ein? Oder ist genau das der Grund, warum du keine Freundin hast? Sind sie alle in deinem Kerker krepiert?«

Das war frech. So bedankte man sich nicht für ein Weihnachtsgeschenk. Schon gar nicht für eines, das so viel Mühe gekostet hatte. Nein, so durfte sie nicht mit ihm reden. Das konnte er nicht dulden. Er entriss ihr den iPod, drehte sich halb zur Tür und tippte wütend den Code ein.

»Den bekommst du erst zurück, wenn du dich gebessert hast!« Harry bemerkte, dass seine Stimme überschnappte. Er trat aus dem Raum und schlug die Tür hinter sich zu. Als er sie verschloss, fiel ihm auf, dass Blut über seinen Ellbogen lief. Er drehte den Arm. Er hatte seine Haut bis auf das rohe Fleisch aufgekratzt.

*

Harry saß auf der Dachterrasse. Obwohl Bambuspflanzen und Liegestühle diesem Ort etwas Idyllisches verliehen, fühlte er sich unwohl. Es behagte ihm nicht, dass die Terrasse allein über die schmale Treppe zugänglich war. Harry konnte nicht sehen, ob jemand zu ihm hinaufstieg. Er malte sich oft aus, dass ein bewaffneter Mann ungehindert bis zu ihm vordrang, während er sich in einem Liegestuhl entspannte. Dann würde er in der Falle sitzen. Dann stünde er zum Abschuss bereit für eines der durchgedrehten Opfer der Computerspielindustrie. Er wäre der Gnade eines leibhaftigen Ego-Shooters ausgeliefert. Nichts schützte ihn vor dieser unheimlichen Fantasie – weder die Mauer um sein Anwesen noch das Tor. Sally verbrachte gern ihre Mittagspause hier oben, und manchmal bestand sie darauf, dass Harry mitkam. Wenn sie zu zweit auf der Terrasse saßen, bekam er seine Panik in den Griff. Aber nur dann.

An diesem Tag musste er sich beherrschen, denn er hatte eine Mission: Er beobachtete von der Terrasse aus die Polizeifahrzeuge, die vor dem Electra Drive aufgefahren waren, ein Streifenwagen und ein Zivilfahrzeug. Nicht übel, wenn man bedachte, dass heute Weihnachten war. Die Polizei blieb eine gute Stunde. Als sich die Beamten verabschiedet hatten, stand Serge vor dem Haus und sah den Autos nach. Dann ging er wieder hinein. Langsam und gebückt, wie es sich für einen alten Mann gehörte.

Nachdem Harry gesehen hatte, wie bedrückt Serge wirkte, hellte sich seine Stimmung auf. Er beschloss, Gnade vor Recht ergehen zu lassen und Mona zu vergeben. Auf dem Weg zu ihr nahm er nicht nur den iPod mit, sondern auch einige Delikatessen, die er bei *Greenblatt's* besorgt hatte: gebratene Putenbrust, Palmherzensalat, Makkaroni und Käse, Pumpernickel mit Rosinen und Krabbensalat. Ein richtiges Festmahl.

Zu seiner großen Freude hatte Mona sich wieder gefangen und lächelte ihn an. Harry breitete das Essen auf dem Teppich aus. Mona arrangierte Papierteller und Servietten. Er fand es herrlich, ihr beim Falten der Servietten zuzuschauen. Ihre Bewegungen waren so elegant, die schlichtesten Handlungen hatten etwas Graziles. Sie bewegte sich mit schwebender Leichtigkeit. Alles, was sie berührte, erwachte zum Leben. Wie in dem Gedicht über Pygmalion, aus dem sie vorgelesen hatte. Sie war nicht nur die perfekte Frau, sie war genau genommen jene Göttin, ohne die es keine Liebe geben würde. Sie war die Göttin, die Harry die Kunst der Vergebung gelehrt hatte.

Wieder saßen sie einander gegenüber. Mona aß, und Harry schaute ihr dabei zu. Er schob sich nur ab und zu etwas in den Mund, um ein Gefühl von Gemeinsamkeit zu haben. Es war ihre erste Mahlzeit zusammen. Und das erste Weihnachtsessen, das Harry jemals ausgerichtet hatte. Nie hatte er sich seliger gefühlt. Er hätte diesen Moment am liebsten festgehalten, um für immer darin leben zu können. Und als er schließlich endete, begann Harry sogleich, der verlorenen Vollkommenheit nachzutrauern.

»Darf ich dich noch etwas fragen?«, lauteten die Worte, mit denen Mona seiner stillen Ekstase ein Ende setzte.

»Natürlich«, sagte er lächelnd und versuchte, seine Traurigkeit zu verbergen. Er hatte das Gefühl, bestohlen worden zu sein, und der Dieb war niemand anderer als die Zeit.

»Ich habe deine Tätowierungen betrachtet, es scheinen viele Schlangen zu sein.«

Harry nickte: »Richtig.«

»Um ehrlich zu sein, haben mich Schlangen auch immer fasziniert. Ich meine ... als ich begonnen habe, mich mit der Symbolik der Schlange zu befassen, die man aus zahlreichen Religionen und Kulturen kennt, da ... Wie soll ich sagen? Da kam mir der Gedanke: Ja, es gibt tatsächlich etwas, das uns Menschen miteinander verbindet. Ein kollektives Bewusstsein, jedenfalls etwas in der Art. Findest du nicht auch? Ich meine, warum sollten all diese Kulturen, die keinen Kontakt zueinander hatten, der Schlange sonst eine so große Bedeutung beimessen?«

Endlich war Mona still. Harry atmete erleichtert auf. Woher rührte dieser plötzliche Mitteilungsdrang? Harry liebte Schlangen, so viel stand fest. Aber darüber reden? Nein, das war nicht sein Ding. Vielleicht versuchte Mona auf diese Weise, eine Verbindung zu ihm herzustellen. Sie war eine Frau. Und Frauen brauchten das Gespräch als Brücke. Harry beschloss, sich einen Ruck zu geben und auf ihre Gedanken einzugehen. Denn es ging schließlich um Mona. Darum, dass sie ihr innerstes Wesen erkannte. Sie würden sich zukünftig noch oft genug so unterhalten können, wie es ihm vorschwebte.

»Schlangen haben natürlich einen ziemlich miesen Ruf. Aber das liegt nur daran, dass die Leute ungebildet sind. Und Mangel an Bildung führt zu Angst.«

Monas fragender Blick zwang Harry, ausführlicher zu werden: »Die Vorstellung, dass Eva von einer Schlange in Versuchung geführt wurde und dass diese Schlange die Ursache für die Vertreibung des Menschen aus dem Paradies war – das ist eine Story, die meiner Meinung nach nur deshalb funktioniert, weil die Leute Angst vor Schlangen haben. Sie haben keinen Sinn für die Schönheit dieser Tiere. Sie glauben, jeder Biss wäre tödlich. Sie reagieren absolut irrational, weil sie falsch informiert sind. Aber so hat das Christentum immer funktioniert, oder? Man hält die Menschen in Unwissenheit, um sie durch Angst beherrschen zu können.«

Mona nickte, aber sie schien noch nicht zufrieden. Sie fragte: »Ja, mag sein. Aber die Schlange ist auch ein mächtiges Symbol für Wiedergeburt, Heilung, Ewigkeit ... Das finde ich unglaublich faszinierend. Du nicht auch?«

Harry war plötzlich sehr müde. »Nein. Ich mag sie einfach nur«, antwortete er. Das war die Wahrheit. Er war weder an Symbolik noch an verborgener Bedeutung interessiert. Entweder mochte er etwas oder er mochte es nicht. Und Schlangen mochte er. Was er ganz und gar nicht mochte, war Monas Versuch, ihn in eine dieser Diskussionen zu verwickeln, die er so hasste. Warum schwafelte sie wie einer dieser Pseudo-Intellektuellen, die alles, was ihnen angeblich etwas bedeutete, im Morast ihrer Interpretationen versenkten?

Unbehagliches Schweigen. Mona schien Harrys Ärger zu spüren, denn sie senkte den Blick, spielte verunsichert mit den Essensresten. Als sie den Kopf wieder hob, lächelte sie Harry dümmlich an. Er musste seine ganze Selbstbeherrschung aufbringen, um ihr Lächeln erwidern zu können. Hinter seiner Stirn bohrte ein Schmerz. Nachdem er sich ein Lächeln abgerungen hatte, fühlte er sich ein wenig besser. Mona war von der Welt geprägt worden, in der sie bis vor kurzem gelebt hatte. Serges Welt. Und in dieser symbiotischen Beziehung hatte sie keinen eigenständigen Gedanken fassen können. Sie war gezwungen gewesen, innerhalb jener Paradigmen zu denken, die für Serge galten. Ganz der Tradition des alten Europas verhaftet.

Harry war sehr oft in Europa gewesen. Er spielte überall, wo man ihn hören wollte. Aber er mochte das alte Europa nicht. Was nicht am Publikum lag. Sein Publikum war großartig, egal an welchem Ort auf der Welt. Aber in Europa waren die Journalisten noch anstrengender als in den Vereinigten Staaten, denn sie nötigten Harry noch vehementer zur Selbstinterpretation. Sie quälten ihn mit Fragen, die oft die Grenze zur Beleidigung überschritten. Dabei verfolgten sie immer ein Ziel: Harry Cubs in eine Schublade zu stecken und damit ihren eigenen Snobismus zu rechtfertigen. Sie wollten sich mit Harry gemein machen, doch er hasste die Vorstellung, mit Leuten in einem Raum zu sitzen, die ihre Zeit damit vergeudeten, ihr eigenes Elitebewusstsein zu pflegen.

Eines der nervigsten Gespräche hatte Harry während seiner letzten Tour mit einem deutschen Journalisten führen müssen. Das Tourneeplakat zeigte einen muskulösen, halbnackten Mann mit einem Saxophon auf dem Rücken, das ihn fast zu Boden drückte. Der Designer hatte Harry erklärt, dass es Atlas zeige, den griechischen Gott, der das Universum auf seinen Schultern trage. Keine üble Vorstellung, hatte Harry gedacht, aber im Grunde fand er die Zeichnung einfach nur cool.

Nach seiner Ankunft in München wurde er von einem Lokalzeitungsjournalisten um ein Interview gebeten. Nachdem der Journalist gefühlte zwanzig Minuten an seinem Aufnahmegerät herumgefummelt hatte, stellte er endlich die erste Frage: »So ... Was ich gern wissen würde: Stellt der Mann auf Ihrem Plakat Sisyphos dar? Haben Sie manchmal das Gefühl, Sisyphos zu sein? Dass ihre Tourneen, die Sie rund um die Welt führen, unermüdliche, aber sinnlose Anstrengungen sind? Quasi eine Eroberung des Nutzlosen? Wie der absurde Held in Camus' ›Der Mythos von Sisyphos‹?«

Harry saß da wie vor den Kopf gestoßen. Er wusste nicht, wer dieser Sisyphos war, und er wollte es auch nicht wissen. Am liebsten hätte er geantwortet: »Was soll die Scheiße? Los, verpiss dich, aber schnell!« Stattdessen konzentrierte er sich darauf, seine Schultermuskeln zu entspannen. Dann rang er sich ein Lächeln ab und antwortete: »Na so was, und ich hatte immer gedacht, dass es mir vor allem darum geht, den Menschen wertvolle Erfahrungen mit auf den Weg zu geben ... Danke, mein Freund, dass du mich aufgeklärt hast. Ich habe schon lange keine so coole Beleidigung mehr gehört.«

Ungerührt fuhr der Journalist fort, seine Frage zu rechtfertigen, und verrannte sich immer tiefer in seine Ausführungen über Camus und den Quatsch, den dieser über Sisyphos verzapft hatte. Aber da hatte Harry schon abgeschaltet. Er wartete, bis der Journalist ausgeredet hatte, und sprach dann über das, was ihn gerade beschäftigte. Wenn Harry die Leute einfach ausblendete, funktionierten Interviews am besten. Um einen Geschmack von der Absurdität des Lebens zu bekommen, hätte dieser Camus nur den Versuch unternehmen müssen, mit einem Musikjournalisten zu reden.

Dieser Welt war Mona ausgesetzt gewesen. Dieser europäischen Schwafel-Kultur. Es war also nicht ihre Schuld, wenn sie ihm mit diesem Zeug über Symbolik kam. Es war ihre Art, ein Gespräch zu führen. Sie versuchte nur, ihm entgegenzukommen. Das war ein gutes Zeichen, und Harry ermahnte sich zu Freundlichkeit und Geduld. Wut wäre jetzt fehl am Platz. Außerdem hatte Mona ins Schwarze getroffen. Es konnte kein besseres Beispiel als das der Schlangen geben, um ihr die Macht der Wirklichkeit zu demonstrieren. Gleich nebenan gab es jede Menge Schlangen. Mona würde mit eigenen Augen sehen können, wie die Realität über die Interpretation triumphierte.

*

Harry verließ den Raum und kehrte wenig später mit einer kleinen Kornnatter zurück, die über seine Magnum kroch, während er die Tür wieder verriegelte. Als er sich umdrehte, um Mona das Reptil zu zeigen, wich seine Aufregung schlagartig der Ernüchterung. Sie hatte Augen und Mund zu einem stummen Schrei aufgerissen. Sie wich zurück, war bereit, aufzuspringen und sich gegen die Wand zu drücken.

Harry hatte mit einem leichten Schock gerechnet. Aber bestimmt nicht mit einer so heftigen Reaktion. Nachdem er Mona versichert hatte, dass die Kornnatter vollkommen harmlos war, zeigte er ihr, dass das Reptil nicht einmal Zähne hatte. Sobald Mona begriffen hatte, dass sie nicht gebissen werden konnte, entspannte sie sich ein wenig.

»Ich dachte, du findest Schlangen faszinierend«, sagte Harry und fügte hinzu: »Ich wollte dir keine Angst einjagen.«

Es dauerte einen Moment, bis Mona ihren Atem beruhigen konnte. Dann sagte sie mit fester Stimme:

»Ja, ich finde sie faszinierend ... auf abstrakte Art. Ich meinte die Symbolik. Aber wenn ich sie leibhaftig vor mir habe ... Vielleicht ist es vollkommen irrational, aber sie machen mir Angst.«

»Das habe ich gemerkt.« Harry lächelte. »Aber diese ist nur ein kleines, hübsches Ding. Es gibt keinen Grund, sich vor ihr zu fürchten. Siehst du?«

Harry hielt die Kornnatter dichter vor Monas Gesicht. Obwohl er vorsichtig war, zuckte sie zurück. Nachdem sie sich gefasst hatte, beugte sie sich vor, um die Natter genauer betrachten zu können. Angespanntes Schweigen. Als sie die Wimpern hob und ihre dunkelblauen Augen auf Harry richtete, erfüllte ihn plötzlich die Gewissheit, dass er Mona bis in alle Ewigkeit lieben würde. Die wahre Mona, die Mona, die den Mut hatte, jene Ängste zu überwinden, die ihr von Serge eingeimpft worden waren.

Sie beugte sich noch etwas weiter vor, als wollte sie ihm zeigen, dass sie seine Liebe erwiderte. Sie atmete wieder ruhig und gleichmäßig. Harry lächelte.

»Sie will nur spielen, ein bisschen herumtollen. Wie ein Schmetterling ... Und sie ist auch genauso harmlos wie ein Schmetterling.«

Die Kornnatter schlängelte sich mehrmals über seine Arme. Es war eine Freude, diesem makellosen, kleinen Geschöpf zuzuschauen. Noch erfreulicher war, dass die Furcht in Monas Augen allmählich der Faszination wich. Sie sprachen kein Wort, aber Harry konnte sehen, dass ihr Gesicht von einem leisen Lächeln überzogen wurde. Ja, jetzt stand es fest: Sie begann zu sehen, was er sah. Sie begriff, was Vollkommenheit war.

Sie beschäftigten sich eine gute Stunde mit der Kornnatter. Mona erlaubte ihm sogar, die Schlange über ihr Handgelenk gleiten zu lassen, und kreischte dabei wie ein kleines Mädchen. Er konnte seinen Blick nicht von ihr abwenden.

»Ist das deine einzige Schlange?«, fragte Mona schließlich. Warum sollte Harry verschweigen, dass er noch viele andere Schlangen besaß? Also erzählte er ihr von ihnen. Jetzt wusste Mona Bescheid. Über seine Freundinnen und ihr geheimes Nest.

Harry war versucht, von der Schwarzen Mamba zu erzählen, unterließ es jedoch. Nicht einmal Sally wusste von der Mamba. »Sag nie, was du nicht sagen musst«, lautete Harrys Motto. Auf der Bühne konnte er reden, aber im wahren Leben achtete er darauf, persönliche Details nur dann preiszugeben, wenn es unumgänglich war. Auch gegenüber Sally.

Er hatte die Schwarze Mamba nie erwähnt, weil Sally mit diesem Geheimnis vermutlich überfordert gewesen wäre. Die Schwarze Mamba gehörte ihm. Er hatte nicht vor, sie wegzugeben, und wenn sie ihn biss, konnte auch Sally nichts tun, um ihn zu retten. Warum also davon erzählen? Was Harry nie bedacht hatte, war die Tatsache, dass Geheimnisse die Eigenart hatten, ihre Hüter von der Welt abzusondern. Und er begriff plötzlich, dass er eine Mauer eingerissen hatte, dadurch dass Mona nun in das Geheimnis des Schlangenraumes eingeweiht war. Nun, da er Mona Zutritt zu einem sehr privaten Bereich gewährt hatte, von dem bis auf Sally und Chuck niemand etwas wusste, teilte er mit ihr einen geistigen Raum. Ein herrliches Gefühl. Und er sehnte sich nach mehr.

11

In der Nacht zuvor – oder war es schon länger her? – hatte Harry die lebenden Mäuse, die er auf dem Weg zu *Greenblatt's* besorgt hatte, an Larry verfüttert. Beim Anblick der riesigen Python, die die Nagetiere mit majestätisch-trägem, an einen ausgedehnten Nachmittagsfick erinnernden Gebaren gefressen hatte, hatte er nur an eines denken können: Mona musste diesem Schauspiel beiwohnen.

Er wartete so ungeduldig auf den Tagesanbruch, dass er kaum ein Auge zutat. Als der Morgen endlich graute und er Monas Raum betrat, kam die Ernüchterung. Mona begrüßte Harry mit einem Ausbruch unverständlichen Geschwafels. Harry hatte Mona noch nie so geschwätzig erlebt, und es kostete ihn große Mühe, ihren Gedankensprüngen zu folgen. Sie kam von Schlangen auf das Konzept der Wiedergeburt zu sprechen und dann auf das Frühstück, das Harry mitgebracht hatte, und schließlich zählte sie auf, was sie außerdem gern essen würde. Harry musste erkennen, dass ihn die Hochstimmung des vergangenen Abends eingelullt hatte. Er hatte vergessen, wer Mona während der letzten Jahre das Gehirn gewaschen hatte und seinen Feind aus den Augen verloren. Wie alles andere schien auch sein Glücksgefühl einen Preis zu haben.

»Mona ...«, unterbrach er sie gereizt. Er spürte, dass sein linker Fußknöchel zu jucken begann.

»Ja?«

»Was ist los mit dir? Warum bist du so überdreht?«

»Wieso überdreht?«, erwiderte sie mit überschnappender Stimme.

»Wie eine frustrierte Ehefrau auf Diätpillen«, antwortete Harry, der seinen sarkastischen Unterton auf der Stelle bereute.

Mona erstarrte mitten in der Geste. Sie hatte so wirr, so manisch geredet, dass sich Harry die Mühe erspart hatte, ihren Worten zu folgen.

»Wie überdreht wärst du denn, wenn du den ganzen Tag in einem winzigen Raum hocken müsstest? Ich drehe langsam durch, und zwar nicht nur geistig, sondern auch körperlich! Sogar Häftlinge im Hochsicherheitstrakt haben täglich eine Stunde Ausgang auf dem Hof. Du willst einen besseren Menschen aus mir machen? Dann los, sprich mit mir und sitz nicht da wie ein ausgestopfter Uhu!«

Harry gefiel nicht, wie Mona mit ihm sprach, aber er wollte nicht schon wieder gehen. Das Jucken an seinem Fußknöchel trieb ihn in den Wahnsinn.

»Würd ich ja gern, aber du lässt mich nicht ausreden!«

»Ach? Bin ich jetzt etwa selbst schuld daran, dass ich in diesem Loch sitze?«, rief Mona noch wütender als zuvor.

»Wenn du mich boykottierst, indem du mich unter dieser Lawine von Verbalmüll begräbst – dann bist du selbst schuld, ja!«

Dieser Streit gab Harry ein ungutes Gefühl. Er tat ihm weh. Er sehnte sich nach einem harmonischen Tag wie dem vergangenen.

»Du hast alles großartig geplant, was? Hast dir Rechtfertigungen für deine Heucheleien zurechtgelegt. Für das verkorkste Denken, das es dir erlaubt, so beschissen voreingenommen zu sein! Auf der Bühne hast du immer Recht. Harry Cubs, der Messias der Political Correctness! Oh, ja, ich habe dein Gerede gehört! Du redest über Sonnenenergie und Umweltschutz. Und trotzdem leihst du deine Stimme einem Autohersteller. Die Stimme von *Elysium*! Fahrzeuge mit Hybridantrieb zerstören die Umwelt genau wie alle anderen Autos! Und die Tatsache, dass du nicht mal einen *Elysium* fährst, macht deine Heuchelei noch viel schlimmer. Stattdessen kurvst du in dieser Dreckschleuder von Mercedes herum. In einem Benzinschlucker der übelsten Sorte, der ...«

Der Lärm war entsetzlich. Aber die Tatsache, dass Harry den Abzug betätigt hatte, ohne es bemerkt zu haben, war noch viel beängstigender. Es war einfach passiert. Er wusste weder wann noch wieso sein Gehirn dem Zeigefinger befohlen hatte, sich zu krümmen. Seine Hand hatte sich bewegt. Völlig losgelöst von seinem Denken. Ein metallisches Klicken, eine Detonation, dann ließ der Schrecken alles erbeben. Für den Bruchteil einer Sekunde schien es, als würde sich der Raum durch den Schock der kinetischen Energie in alle Richtungen ausdehnen. Die Kugel war haarscharf an Mona vorbeigesaust und hinter ihr in die Wand eingeschlagen.

Auf den Schock folgte Schwerelosigkeit. Harry meinte zu schweben. Durch das Abfeuern des Schusses hatte er nicht nur die Pistole, sondern auch sein Gemüt erleichtert. Alle Gefühle waren aus ihm entwichen. Er war jetzt ein leeres Gefäß. Sauber. Blank. Makellos.

Mona stand einfach da. Den Blick auf die Waffe geheftet. Reglos. Die Stille im Raum war vollkommen. Harry fuhr herum und verschwand ohne ein Wort.

Er hatte gerade den Code eingetippt und hörte, wie die Bolzen einrasteten, als er ein leises Klopfen vernahm. Er glaubte zuerst, es wäre Mona, aber hier unten im Keller herrschte immer noch Stille. Während er zum Wohnzimmer hinaufstieg, wurde das Klopfen lauter. Die Erleichterung, die auf den Schuss gefolgt war, verpuffte schlagartig. Was leer gewesen war, füllte sich mit Furcht.

Das Klopfen konnte nur eines bedeuten: Vor seinem Haus stand jemand, der hinein wollte. Jemand, der den Schuss gehört hatte. Dieser Jemand konnte nur ein Polizist sein. In Los Angeles klopfte kein Wildfremder einfach so an die Tür eines Privathauses, schon gar nicht, nachdem ein Schuss gefallen war.

Man würde Harry unangenehme Fragen stellen. Vielleicht würde er sich am Ende sogar dazu gezwungen sehen, die Polizisten durch sein Haus zu führen. Wie sollte er sie von Monas Raum ablenken? Warum hatte er nicht daran gedacht, eines der Regale vor die Tür zu schieben? Harry verfluchte sich für seine faule Selbstzufriedenheit. Er war ein Idiot. Er hatte sich so verdammt sicher gefühlt, dass er keine Sekunde daran gedacht hatte, die Tür zu Monas Raum zu tarnen. Jeder, der sein Archiv betrat, passierte den Panic Room, ein stummer Zeuge seines Verbrechens, Beweis für seine Schuld. Harry erwog, in den Keller zurückzukehren. Aber der Gedanke an die CDs und Tonbänder, die aus den schweren Regalen fallen konnten, wenn er eines durch den Raum wuchtete, hielt ihn davon ab. Es war zu spät. Das Klopfen klang immer bedrohlicher. Harry würde dem ungebetenen Gast gegenübertreten und mit ihm fertig werden müssen.

Als er durch das Wohnzimmer zum Fenster ging, um nachzusehen, wer klopfte, kam ihm der Gedanke, dass es sich nicht zwangsläufig um einen Polizisten handeln musste. In einer Stadt, in der jeder verfluchte Massagetherapeut eine Waffe besaß, war ein einzelner Schuss nichts Besonderes. In Skandinavien hätte ein Schuss vielleicht Aufsehen erregt, aber nicht in Los Angeles. Einem einzelnen Schuss würde kein LAPD-Beamter auf den Grund gehen. Vielleicht war es nur einer dieser sexuell frustrierten Jogger, die ständig durch den Canyon rannten, um ihren Hormonüberschuss abzubauen. Oder einer dieser emotional bedürftigen Hundehalter, die ihre Einsamkeit durch die öffentliche Darmentleerung ihrer Tiere zur Schau stellten. Harry war schon immer der Überzeugung gewesen, dass sich niemand, der auch nur einen Funken Selbstachtung besaß, einen Hund zulegte. Der beste Freund des Menschen war etwas für Leute, die sich nach Freunden sehnten, weil sie keine hatten. Und das war erbärmlich.

Wahrscheinlich stand dort tatsächlich einer dieser Versager vor seinem Tor. Jemand, der sich unglaublich wichtig nahm und seine Schnüffelei in fremden Angelegenheiten mit vorgetäuschter Besorgnis rechtfertigte. Auf diese Weise hatten diese Kleingeister wenigstens etwas zu tun, während sie auf den Tod warteten. Harrys Gedanken rasten so wild durcheinander, dass er beim Erreichen des Fensters, das einen Blick auf den Hauseingang bot, überzeugt war, es mit Zeugen Jehovas oder Serge oder ähnlich verwirrten Typen zu tun zu haben.

Beim Anblick des Polizeiautos legte sein Herz eine Vollbremsung ein. Was sollte er jetzt tun? Wieso hatte er die vergangenen Sekunden damit vertan, sich vorzugaukeln, dass alles in schönster Ordnung sei? Er hätte sie nutzen müssen, um einen Plan zu schmieden, sich auf das Schlimmste vorzubereiten.

Stattdessen hatte er sich aufgeführt wie ein

beschissenes Weichei und sich vor der Realität gedrückt. Was war nur mit ihm los? Das war nicht Harry Cubs. Er war hilflos. So unvorbereitet und angreifbar wie damals, als er sich im Haus seines Vaters allein mit seinem Stiefbruder Mikey wiedergefunden hatte. Die Angst zog ihm den Boden unter den Füßen weg. Er löste sich auf. Was sich gerade abspielte, war nicht real. Er war nicht anwesend. Harry Cubs hatte sein Haus verlassen. Doch Harry war immer noch da. Gefangen in seinem Körper. Der Typ vor seinem Haus würde nicht verschwinden. Harry musste sich der Sache stellen. Showtime.

Er legte die Magnum auf den Küchentresen. Auf dem Weg zur Haustür überlegte er sich in aller Eile eine halbwegs glaubwürdige Lüge. Die Waffe war losgegangen, als er versucht hatte, sie zu entladen. Warum, zum Teufel, sollte es nicht so gewesen sein? Immerhin war er der rechtmäßige Besitzer. Er besaß einen Waffenschein. Innerhalb seiner vier Wände durfte er die Magnum abfeuern, ob absichtlich oder aus Versehen. Genau das würde er sagen, selbst wenn er dabei wie Charlton Heston klingen würde.

»Ja? Was gibt's?« Harrys Stimme war fest und ruhig. Er stand auf der Bühne. Zu seiner eigenen Überraschung fühlte er sich plötzlich vollkommen entspannt. Seine Ängste waren vergessen. Dies war ein Auftritt. Er war zur richtigen Zeit am richtigen Ort.

Der Polizeibeamte zeigte ihm ein Foto von Mona – lächelnd, mit naivem Augenaufschlag, verletzlich. Ein armes Mäuschen. Wahrscheinlich hatte Serge das Bild ausgesucht. So sah er seine Frau. Schwach. Nicht das willensstarke Individuum, das Harry kannte. Ob er der Frau schon einmal begegnet sei, wollte der Beamte wissen. Mehr nicht. Keine Erwähnung eines Schusses, keine misstrauischen Fragen. Nur Routine.

Harry musste sich mit aller Kraft zusammenreißen, um seine Erleichterung zu verbergen. Der Schuss war ungehört verhallt. Niemand hatte etwas bemerkt. Er und Mona, sie waren nicht gefährdet. Vor lauter Euphorie hätte Harry den bierbäuchigen LAPD-Beamten am liebsten auf die verschwitzte Wange geküsst. Was für ein jämmerlicher Schwachkopf. Man würde ihn niemals befördern. Er würde die Wahrheit vermutlich nicht einmal dann erkennen, wenn man sie mit Scheinwerfern anstrahlte.

Harry bestätigte, auf dem Bild seine neue Nachbarin zu erkennen, und gab an, vor ein paar Tagen einige Worte mit ihr gewechselt zu haben. Daraufhin sagte man ihm, dass Mona vermisst werde. Nein, er sei ihr zuletzt vor Weihnachten bei einem Spaziergang im Canyon begegnet. Nein, ihm sei nichts Ungewöhnliches aufgefallen. Nein, sie habe nicht gewirkt, als würde sie etwas belasten, aber sie hätten auch nur kurz miteinander geplaudert. Smalltalk unter Nachbarn eben. Danach erzählte der Polizeibeamte – Harry überraschte der leichtfertige Umgang mit derlei Informationen, aber der Officer schien wirklich nicht vom hellsten Planeten zu stammen –, dass man das Signal von Monas Handy zurückverfolgt habe. Dieses Detail ließ bei Harry alle Alarmglocken schrillen. Das Signal, fuhr der Polizist fort, lege nahe, dass Mona durch die Stadt gefahren und dann in den Laurel Canyon zurückgekehrt sei. Dort sei das Signal verstummt. Harry atmete auf – das Signal war offenbar zu ungenau, um einen Hinweis darauf zu geben, welches Haus Mona betreten hatte. Die Polizei war zunächst davon ausgegangen, dass sie heimgekehrt sei.

Aber man habe ihr Auto entdeckt, das mit einem Motorschaden an der Straße stand, auf der sie zuletzt unterwegs gewesen war. Sie sei also nicht wieder von zu Hause aufgebrochen. Ihre Spur endete dort. Die Polizei vermutete deshalb, dass Mona daheim Opfer eines Verbrechens geworden sei. Wäre sie einfach nur abgehauen, dann hätte sie ihr Handy mitgenommen oder wenigstens Kleider und etwas Bargeld eingepackt. Man zog eine Entführung in Betracht, zumal Serge sehr wohlhabend sei, aber eine Lösegeldforderung war bisher nicht eingegangen. All das erfuhr Harry von dem Polizisten, bis er schließlich bemerkte, dass dieser nicht nur ein Plappermaul, sondern auch ein Jazzfan und in Gegenwart des legendären Harry Cubs ziemlich aufgeregt war. Der Mann interessierte sich nicht für die vermisste Fremde. Stattdessen wollte er mit seinem Idol plaudern. Er bat Harry um ein Autogramm, und am Ende platzte aus ihm heraus, dass er auf sechzehn von Harrys Konzerten gewesen sei.

Harry war verdammt stolz auf sich, nachdem der Polizist gegangen war. Er hatte den Mann elegant abgefertigt. So elegant, wie es sich für Harry Cubs gehörte. Er hatte ihn für sich eingenommen, hatte ihn viel besser zu nehmen gewusst als die Fremden, die vor seinem Tourbus warteten. Er hatte ganz eindeutig Fortschritte gemacht. Er hatte ein Gespräch geführt.

*

Harry blickte auf sein kleines Wohnzimmersofa, wie es einsam im Raum stand. Im neuen Jahr würde er sich einen Sessel zulegen. Thelonious Monks »London Collection« lag auf dem Plattenteller. Und als der Verrückte »Darn that Dream« spielte, lauschte Harry dem Stück mit einer plötzlichen Angriffslust, die ihn selbst erschreckte. Mona wollte Ausgang? Tja, warum eigentlich nicht. Wenn sie unbedingt Bewegung brauchte ...

Harry stand auf, um den Autoschlüssel zu holen. Auf dem Weg nach draußen fiel ihm ein, dass er vergessen hatte, den Plattenspieler abzustellen. Gerade plätscherte Monks Version von »Loverman« aus den Lautsprechern. Harry ließ sie laufen.

Der Ausdruck auf Monas Gesicht, als er ihr die Rollerblades überreichte, belohnte ihn für all seine Sorgen und Mühen. Sie hatte sich bei seinem Eintreten unterwürfig gezeigt und sogar entschuldigt.

»Verzeihung ... Ich habe das Gefühl, mich selbst nicht mehr zu kennen. Mein Verhalten von vorhin – so bin ich eigentlich gar nicht. Ich ...« Mona rang um Worte. Gift und Galle, Trotz und Groll waren verschwunden. Als wären sie ihrem Wesen fremd. Und so war es ja auch. Diese Unarten hatte Serge zu verantworten. Sie waren nichts als zornige Echos, die aus ihrer Vergangenheit herüberdrangen.

Während Harry die reumütige Mona betrachtete, wurde ihm bewusst, dass seine Liebe zu ihr durch nichts, aber auch gar nichts ausgelöscht werden konnte, egal was sie sagte, egal was sie tat. Sie war ein Juwel und ihre Seele von erlesener Schönheit.

»Mach dir deswegen keine Sorgen«, sagte er großmütig.

»Genau das ist der Sinn dieses ... Prozesses. Du sollst dein wahres Ich entdecken. Vielleicht findest du heraus, dass du viel aggressiver und stärker bist, als du denkst. Die Umstände sind sicher nicht ideal, weder für dich noch für mich, das gebe ich gern zu, und weil ich ebenso unter Druck stehe wie du ... explodiert man auch mal. Wir sollten versuchen, nicht so viele emotionale Kalorien zu verbrennen, okay? Lass uns nachsichtig miteinander umgehen.«

Harry wusste nicht mehr, wann er zuletzt so aufrichtig zärtlich zu jemandem gesprochen hatte. Dies war nicht die aufgesetzte Güte, um die er sich bemühte, wenn er Fans abschütteln wollte, die wie Kletten an ihm hingen. Dies war echt. Er meinte, was er sagte.

Es war ein gutes Gefühl. Andererseits fragte er sich, wie seine Stimmungen so rasch umschlagen konnten. Wie konnte die Wut verrauchen und einer Liebe weichen, die seine Brust zu sprengen drohte, und all das während eines Wimpernschlags? Er schien ein Wunder zu erleben, unbeschreiblich schön, aber außerhalb seiner Kontrolle. Wie in dem Popsong, den Mona zitiert hatte: »Turn off your mind, relax and float downstream ...« Er hätte Mona gern begreiflich gemacht, wie sehr er es gerade genoss, lebendig zu sein. Aber das war ihm nicht möglich. Stattdessen erklärte er ihr, was es mit den Rollerblades auf sich hatte.

Mona stützte sich am Türrahmen ab, als sie den ersten Schritt aus dem Raum tat. Obwohl sie befürchtet haben musste, den Raum nie mehr zu verlassen, wirkte sie nicht aufgewühlt, sondern nur etwas misstrauisch. Im nächsten Moment strahlte sie. Harry hatte die Tür zwischen seinem Büro und dem Archiv verriegelt. Sie war zwar nicht so sicher wie die zum Panic Room, aber er behielt Mona im Auge, wie immer mit der Waffe in der Hand. Sie konnte nicht entkommen. Außerdem hatte er ihr gezeigt, dass er sich nicht scheute, abzudrücken.

Mona zögerte. Sie stand vor einem der Regale, als wüsste sie nicht weiter. Harry zwang sich, seine Ungeduld zu zügeln, obgleich er es kaum erwarten konnte, Mona beim Skaten zuzuschauen.

»Hier gibt es genug Platz. Du kannst ein paar Runden um die Regale drehen. Ist sozusagen eine Mini-Skatingbahn«, sagte Harry, um ihr Mut zu machen, und fügte hinzu: »Ich hoffe, es gefällt dir. Damals, als ich nach Los Angeles gezogen war und in Venice Beach wohnte, bin ich gern geskatet ...«

Mona setzte sich und begann, die Rollerblades anzuziehen. »Ich habe es mehrmals probiert. Nach meinem Umzug nach Paris. Aber dann bin ich gestürzt und musste am Kinn genäht werden, und die Agentur, die mich als Model vertrat, hat verlangt, dass ich damit aufhöre.«

»Tja, jetzt kannst du so lange und so schnell skaten, wie du willst«, erwiderte Harry, der sein Lächeln nicht mehr abschalten konnte.

In den Shorts und dem weißen T-Shirt, die er ihr gekauft hatte, sah die am Boden sitzende Mona wie ein kleines Mädchen aus – sowohl zart als auch ungestüm. Monas erste Runden waren etwas ungelenk, und sie stieß wiederholt gegen die Regale. Anfangs war Harry beunruhigt wegen der herausfallenden CDs und Kassetten. Was, wenn Mona sie mit ihren Rollerblades überfuhr? Dann wären sie kaputt und für immer verloren. Manche dieser Aufnahmen waren ebenso selten wie seine Schallplatten. Unordnung und Chaos, die plötzlich im Raum herrschten, trafen Harry unvorbereitet. Dieser Raum war für ihn der Tempel der Vergangenheit. Und nun war die heilige Ordnung in Gefahr.

Aber Monas Freudenschreie lenkten ihn ab und sorgten dafür, dass seine Panik verflog. Den überwiegenden Teil seiner Bänder und CDs hatte er digitalisiert. Sein Herz hing vor allem an den Vinylplatten, die nicht herausfallen konnten. Die Vergangenheit war abgehakt. Was jetzt geschah, war Gegenwart. Und das war gut. Nach einer Weile hatte Mona den Bogen raus und legte an Tempo zu.

»Macht echt Spaß! Du solltest es auch mal versuchen!«, rief sie lachend, und in Harrys Ohren klang ihre Freude echt.

»Vielleicht ein anderes Mal«, antwortete er und fühlte sich glücklich.

Mona hielt unvermittelt an. Ihr Gesicht war gerötet, sie strahlte. »Mir ist so heiß. Macht es dir etwas aus, wenn ich ...?« Sie zog ihr T-Shirt aus, bevor Harry etwas erwidern konnte.

Harry hatte Monas Brüste damals im Dunkeln vom Balkon aus gesehen. Sie waren tatsächlich so klein, wie er sie in Erinnerung hatte. Ihr Oberkörper wirkte fast jungenhaft. Das Gift kochte wieder in ihm hoch. Er konnte sich nicht dagegen wehren. Die verschwitzten

Haare, die auf ihren Schultern klebten. Das Bernsteingold ihrer Haut, geheimnisvoll und bezaubernd wie die Lichter einer Großstadt bei Nacht. Ihre geschmeidigen Bewegungen. Harry begehrte sie. Er sehnte sich danach, ihren Körper auf dem seinen zu spüren. Das Verlangen, diesen Körper zu besitzen und ihn mit seiner selbst zu füllen, war quälend. Aber es war nur das körperliche Begehren. Das Bedürfnis seines Geistes nach Intimität war gestillt. Sein Geist wollte an Monas Freude teilhaben. Harry Cubs brauchte nicht mehr als diesen Moment. Sein Körper schon.

»Mona ...«, brachte Harry hervor und räusperte sich. »Zieh das T-Shirt bitte wieder an.«

»Ach, komm schon, Harry, sei nicht so amerikanisch!«, rief Mona, die an ihm vorbeiraste. Und als sie scharf in die Kurve ging, fügte sie hinzu: »Hast du vergessen, dass ich Europäerin bin? Bei uns sind nackte Titten keine große Sache.«

»Aber ich bin Amerikaner, und dies ist Amerika«, hätte Harry am liebsten gebrüllt, brachte aber keinen Ton hervor. Die Wörter blieben ihm im Hals stecken. Monas Anblick lähmte ihn. So wollte er nicht sein. So gefiel er sich nicht. So schwach. Hilflos seinen Trieben ausgeliefert. Er wollte nicht, dass sein Körper ihn beherrschte, sein Körper sollte ihm dienen. Er begriff seinen Körper als Maschine, die er benutzen konnte wie sein Auto. Als Gefäß seiner Gedanken. Harry Cubs erschuf seine physische Realität selbst, und diese Realität bestand zuallererst aus seinem Körper. Das Begehren brachte ihn an seine Grenze. Es musste aufhören.

»Okay, genug!«, rief er so aufgebracht, dass er befürchtete, seine innere Unruhe gezeigt zu haben. »Schauen wir mal, wie schnell du bist und ob du dich noch steigern kannst.«

Harry stellte die Stoppuhr seiner Digitaluhr ein. So wie er es bei jedem Auftritt tat, um das Aufnahmevermögen des Publikums nicht überzustrapazieren. Im Laufe der Jahre hatte er eine gewisse Manie darin entwickelt, denn er konnte seine Konzerte nur noch anhand der Länge voneinander unterscheiden. Tokio 2010 hatte zwei Stunden und vierunddreißig Minuten gedauert, Tokio 2008 war genau drei Minuten und vierzig Sekunden länger gewesen. Mona hielt inne und sah Harry verwirrt an.

»So sind wir Amerikaner nun mal! Nie zufrieden mit dem Erreichten, immer darum bemüht, uns zu verbessern«, rief Harry zur Erklärung. »Schauen wir mal, ob du dich steigern kannst! Zeig mir, was du drauf hast! Beweis mir, dass du die Runde immer schneller drehen kannst! Okay ... Auf die Plätze, fertig, los!«

Mona brauchte einen Moment, um sich darauf einzustellen. Dann gehorchte sie. Nach der Runde stoppte sie und drehte sich fragend zu Harry um.

»Zweiunddreißig Sekunden. Das geht noch schneller! Auf die Plätze, fertig, los!« Harry ließ Mona fünfzehn Runden drehen. Am Ende hatte sie sich um sieben Sekunden verbessert. Sie war außer Atem.

»Du machst schlapp. Reiß dich zusammen!« Er feuerte sie an, aber umsonst. Sie wurde mit jeder Runde langsamer. »Weiter! Nicht aufgeben!«

Es war sinnlos. Mona hielt an. Mit schmerzhaft verzerrtem Gesicht und den Tränen nahe. Sie lehnte sich gegen eines der Regale und flehte: »Ich kann nicht mehr. Harry ... bitte ...«

Harry spürte, wie sein Zorn wuchs. Er musste daran denken, wie Mona ihn verspottet und emotional in die Ecke gedrängt hatte, bis ihm keine andere Wahl mehr geblieben war, als abzudrücken. Danach hatte sie sein Verlangen angestachelt, um ihn gefügig zu machen. Er hatte alles getan, was sie verlangt hatte. Und jetzt hatte sie ein Problem mit den Konsequenzen?

»Kein ›Harry-bitte-bitte‹! Weiterfahren!«, brüllte er und empfand eine gewisse Befriedigung.

Mona quälte sich um die Kurven, wobei sie fast das Gleichgewicht verlor. Sie drehte noch drei Runden, dann krachte sie gegen das Regal, schrie auf und ging zu Boden. Die Kassetten und Mini-Discs regneten auf sie herab. Sie saß schluchzend auf dem Fußboden, nackt bis auf Shorts und Rollerblades, mit aufgescheuerten Ellbogen und wunden Knien. Harry atmete tief ein, um sich zu beruhigen, dann ging er zu ihr.

»Sieh nur, was du angestellt hast!«, blaffte Harry, »Blöde Kuh!«

»Entschuldige«, rief sie. »Das Chaos tut mir leid, aber ... ich wollte doch nur schneller werden. Nur habe ich nicht genug Kraft.«

Harrys Wut flaute ab. Dieses Theater begann, ihn zu ermüden. Seine Gefühle waren genauso schwankend wie Monas letzte Runden. Wann nahm diese emotionale Achterbahnfahrt endlich ein Ende? Er sehnte sich nach Ausgeglichenheit. Nach seiner Koje im Tourbus. Nach einer Zeit ohne Chaos und Auseinandersetzungen. Nach der beruhigenden Gewissheit, in wenigen Stunden wieder auf der Bühne zu stehen. Der plötzliche Gedanke an eine neue Tournee erschreckte ihn zugleich, denn sie würde ihn von Mona trennen. Eine Rückkehr zu seinen alten Gewohnheiten schien nicht mehr möglich zu sein. Bei dem Gedanken, Mona zurückzulassen und wieder das einsame Leben zwischen Bühne und Koje zu führen, hatte er das Gefühl, in einem Sarg zu liegen.

Er wollte für immer bei Mona sein. Wäre die Welt perfekt, dann würde sie neben ihm in der Koje liegen und sich warm und zärtlich an ihn schmiegen. Vollkommenheit hatte Harry bisher nur auf der Bühne oder in Phasen tiefster Einsamkeit erlangt. Jetzt hatte er diese makellose Frau gefunden, nur schenkte sie ihm keinen inneren Frieden. Harry war ratlos.

»Schon gut ...«, sagte er beruhigend und tätschelte unbeholfen ihre Schulter. »Du warst klasse. Nächstes

Mal bist du sicher noch besser. Körperliche Erschöpfung tut gut. So erkundet man seine Grenzen.«

Mona sah zu ihm auf. Augen und Nase waren durch das Weinen gerötet. »Hoffentlich habe ich nichts kaputt gemacht.«

»Scheiß drauf. Wenn mir das etwas ausmachen würde, dann hätte ich dich nicht wie eine gesengte Sau durch mein Archiv rasen lassen«, erwiderte Harry und musste über seinen eigenen Witz lächeln.

Er wunderte sich über sich selbst. Während der letzten Jahrzehnte hatte er die Wut zu seiner Mission gemacht. Er war der wütende Weiße mit dem Saxophon. Die Wut in Person. Und auch Mona machte ihn wütend, ja. Aber sie schaffte es, dass sich seine Wut in einer Wolke der – Harry schreckte nicht davor zurück, sich dies einzugestehen – der Liebe auflöste. Und vielleicht war das die Antwort.

Er half Mona auf, die Waffe nach wie vor in der linken Hand. Mona schwankte, sie schien angeschlagen. Sie hatte sich gerade aufgerichtet, da rutschte einer der Rollerblades weg, und hätte sie sich nicht an seine Arme geklammert, dann wäre sie wieder hingefallen. Ihre Berührung war federleicht. Ihre Hände waren schmal und feingliedrig.

»Vorsicht!«, sagte er und spannte die Muskeln unter ihren Fingern an. »Alles okay?«, setzte er hinzu, ohne sich darum zu sorgen, dass sie seine Arme festhielt. Er wusste, dass er sie problemlos abschütteln konnte. Was Mona als nächstes tat, überraschte und erschreckte ihn so sehr, dass er kurz die Selbstbeherrschung verlor: Sie gab ihm einen Kuss. Harry wich zurück und stieß sie dabei gegen das Regal. Es war nur ein flüchtiger Kuss, begleitet von einem geflüsterten »Danke«. Aber Harry hatte ihren warmen Körper gerochen. Ihre Haare hatten seine Arme gestreift und ein Kribbeln auf seine Haut gehaucht. Sie war ihm so nahe gewesen, dass ihre Brüste beinahe seinen Oberkörper berührt hätten. Die Folge war eine schmerzhafte Lust, die die Tore zu den geheimsten Winkeln seines Inneren aufstieß – Winkel, die er bislang sorgsam verborgen hielt.

»Nicht!«, stieß er hervor, und als Mona sich am Regal festhalten wollte, fielen weitere Kassetten zu Boden.

»Ich denke, du solltest jetzt in deinen Raum zurückkehren.« Harrys Worte klangen so gelassen, als hätte er die Situation unter Kontrolle.

Mona zögerte ihre Rückkehr in den Panic Room so lange wie möglich hinaus. Sie bedrängte Harry mit Fragen nach den Dingen, die er in seinem Archiv aufbewahrte, und redete dabei ohne Unterlass. Dieses Mal wusste Harry, warum: Sie versuchte verzweifelt, ihn in ein Gespräch zu verwickeln. Anfangs ging er darauf ein, aber es wurde ihm bald zu viel. Schluss mit dem Blödsinn. Mona sollte sich nicht einbilden, dass sie ihn manipulieren konnte. Er war der Showmaster, und die Show war für heute vorbei.

Nachdem Harry die Tür verriegelt hatte, hielt er kurz inne und dachte nach. Es war nicht schlecht gelaufen. Er hatte am Ende die Oberhand behalten. Er war zufrieden mit sich selbst.

12

Ein Gestank. Nach Verwesung. Harry witterte ihn sofort nach dem Betreten der Dachterrasse. Harry kannte den Geruch des Todes. Er konnte ihn nicht ignorieren. Er sah hinter den Bambuswänden und Topfpflanzen nach, fand aber nichts. Keine tote Maus, kein toter Vogel. Kein Unrat. Schließlich vermutete er, dass der Gestank aus dem Canyon kam. Vielleicht ein Waschbär, der von einem Auto überfahren worden war. Harry beschloss, später hinaus zu gehen und die Straße vor dem Haus abzusuchen.

Obwohl der Gestank schwer in der Luft hing, ließ er sich hinter der Bambuswand auf einem Liegestuhl nieder und richtete den Blick auf den Electra Drive. Vor Serges Haus standen drei Autos, Zivilfahrzeuge der Polizei, wie es schien. Doch im Haus regte sich nichts. Die Vorhänge waren zugezogen.

Nach gut zwanzig Minuten wurde die Tür zum Innenhof geöffnet. Serge trat ins Freie. Er ging gebeugt, den Blick auf die Füße gerichtet, als hätte er Angst zu stolpern. Sein Gang, zögernd und vorsichtig, war der eines Mannes, der kapiert hatte, dass einen das Leben fertig machen konnte. Er plumpste wie ein nasser Sack auf die Mauer des Swimmingpools und zündete sich eine Zigarette an. Jedes Mal, wenn er Rauch auspustete, schien er ein Stückchen kleiner zu werden. Als er die Zigarettenkippe achtlos auf den Boden warf, war er zu einem sorgenvollen Häuflein zusammengeschrumpft. Pete hatte einen ähnlichen Anblick geboten, wenn Harry ihn wieder mal zugedröhnt in einer stinkenden öffentlichen Toilette entdeckt hatte. Einem Ort, an dem sich niemand außer Pete länger aufhalten mochte. Der nichts anderes war als ein Vorzimmer zur Hölle.

Vielleicht musste Harry gerade jetzt an Pete denken, weil er den Gestank des Todes aus genau diesen Höllenlöchern kannte. Löcher, in denen sich Pete verkroch, nachdem er im siebten Himmel geschwebt hatte. Pete war im Zickzack zwischen Himmel und Hölle durch das Leben gerast, überfordert vom irdischen Alltag. Manchmal hatte er von den wichtigsten Bestandteilen seines Drum-Kits erzählt, den original K-Zildjian-Becken. Mit der Hand getrieben und aus einer geheimnisvollen, fast alchemistischen Legierung hergestellt. Bei jedem Schlag auf diese schimmernden, goldenen Vliese, hatte Pete geschwärmt, erhasche er einen Blick ins Nirwana. Dann bade er im Ozean des Universums. So viele ekstatische Augenblicke, so viele Kostproben unendlicher Seligkeit. Alles, was Pete widerfahren war, wenn er nicht vor den Drums gesessen hatte, musste dagegen banal und unerträglich gewesen sein.

Aber warum diese Selbstbestrafung? Wozu die Selbstgeißelung in diesen fürchterlichen Toiletten? Worin hatte sein Verbrechen bestanden? In der Erfahrung absoluter Seligkeit? Suchten nicht alle danach?

Harry schon, nur hatte er deshalb keine Schuldgefühle. Er hatte mit Pete nie über Schuld gesprochen. Das bereute er jetzt. Plötzlich erfüllte ihn tiefes Mitgefühl für seinen toten Freund.

Petes Tod war kurz nach dem Eintreffen des Rettungswagens festgestellt worden. Man hatte Harry ein paar Minuten gegeben, um sich zu verabschieden. Harry hatte sich nicht von Pete lösen können, aber der Leichnam gehörte jetzt dem Staat. Er durfte den Toten nicht bei sich behalten, und er musste mitansehen, wie Pete in einen Leichensack gesteckt und zum Leichenschauhaus gefahren wurde. Harry kehrte allein zum Tourbus zurück. Es war der längste Weg seines Lebens gewesen. Unterwegs hatte er nichts als Wut empfunden, blanke Wut. Was für ein mieser Drecksack. Wie hatte er Harry das antun können? Hatte sich vorzeitig aus dem Leben verabschiedet und es seinem besten Freund überlassen, die Scheiße hinter ihm aufzukehren. Diese Wut hatte jahrelang in Harry geschwelt.

Bis jetzt. Während er Serge beobachtete, beschloss er, dass all das nur noch Erinnerung sein sollte. Es waren Gefühle, die er nachvollziehen konnte, aber nicht mehr empfand. Harry nahm es Pete nicht mehr übel, dass er sich in eine schmerzfreie Welt verabschiedet hatte. Es roch dort sicher besser als auf dieser Müllkippe. Aber er hätte gern mit Pete geredet. Nicht nur, um ihn zu fragen, welche Schuld ihn getrieben hatte, sich auf eine so drakonische Art selbst zu bestrafen, sondern auch, weil er gern gewusst hätte, wie er mit dem in seinem Inneren tobenden Krieg umgehen sollte. Mit all den zwiespältigen Gefühlen, die ihn in unterschiedliche Richtungen zerrten.

 Harry war diesem inneren Konflikt immer aus dem Weg gegangen, aber jetzt konnte er ihn nicht mehr verdrängen. Wer war dieser Mann, der sich danach sehnte, in Mona aufzugehen? Dessen Grenzen in Auflösung begriffen waren, dessen Rüstung immer mehr Risse bekam? Emotionen kannte Harry nur von der Bühne oder vom Musikhören. Innerhalb dieser Welten hatte er sich sicher gefühlt. Jetzt war alles über die Ränder geschwappt. Und hatte eine Riesenschweinerei verursacht. Das sah Harry Cubs nicht mehr ähnlich. Harry fragte sich, warum er plötzlich so müde war. Selbst die Befriedigung bei dem Anblick von Serge strengte ihn an. Genau genommen schien sich seine eigene Müdigkeit gar nicht so sehr von der zu unterscheiden, die er bei Serge beobachten konnte. Die Sache sah doch so aus: Sie saßen auf ihrer jeweiligen Terrasse; einer hatte die Frau, der andere nicht; dennoch waren beide unendlich müde. Harry bereute keine einzige Sekunde mit Mona. Trotzdem hatte ihn die Zufriedenheit, die ihn nach dem Verlassen ihres Raumes erfüllt hatte, regelrecht erschlagen.

 Harry atmete tief ein, um das Flattern in seiner Brust zu beruhigen, bewirkte dadurch aber das

Gegenteil: Der Gestank drang in seine Atemwege. Harry war sich auf einmal sicher, dass sich die Ursache dieses Geruchs ganz in seiner Nähe befand. So nahe, wie der Tod einem nur kommen konnte. Die Vorstellung, dass irgendetwas innerhalb jener Mauern verweste, die er stets für unüberwindbar gehalten hatte, beunruhigte ihn. Harry hatte keine Zeit mehr für Serge, der ja nur seine Vertreibung aus dem Paradies vermeintlicher Liebe beweinte. Er musste hier aufräumen und diesen Gestank auslöschen. Harry wuchtete sich aus dem Liegestuhl. Er war oft zu müde oder zu krank gewesen, um auf die Bühne gehen zu können, und er hatte sich trotzdem aufgerafft. So auch jetzt. Er war Harry Cubs, und er würde suchen, bis er fündig wurde.

Mit einer Brechstange stemmte er jedes einzelne Bodenbrett der Terrasse auf. Er riss alle Pflanzen aus den Töpfen und kippte die Erde auf einen Haufen. Er zerlegte die Sichtschutzwände aus Bambus. Das Dach musste auseinandergenommen, komplett auf den Kopf gestellt und gewendet werden. Harry ließ nichts an seinem Ort, zerrte alles aus der Verankerung und zerschlug es in Kleinteile. Schließlich stand er schwitzend auf der zerstörten Terrasse und ließ den Blick über die von ihm angerichtete Verwüstung schweifen. Nichts. Es war zum Verrücktwerden. Hatte er sich den Gestank nur eingebildet? Konnte er nicht mehr richtig denken? Harry sog in rascher Folge Luft durch die Nase. Zuerst roch er nur die herbe Feuchte der aufgeschütteten Pflanzenerde. Aber dann witterte er ihn wieder, diesen Hauch, überlagert vom Geruch nach zerbrochenem Holz und Kompost. Den Hauch des Todes.

Harry zwang sich zur Ruhe. Um dieser Sache auf den Grund zu gehen, musste er klar denken können. Zwischen der Mauer und dem sandigen Felsen klaffte ein Spalt, der ungefähr einen Meter breit war. Harry hatte es nie gestört, dass der Felsen so nahe an seinem Haus stand, denn er war so steil und unzugänglich, dass man nur mit professioneller Kletterausrüstung hinaufgelangen konnte. Außerdem würde der mindestens drei Meter tiefe Spalt vor der Mauer jeden, der verrückt genug wäre, auf den Felsen zu klettern, von einem Sprung abhalten. Aber die Mauer hatte auf ganzer Länge ein Gesims, und vor dem Gesims war eine Regenrinne befestigt, die nur zu sehen war, wenn man sich über die Terrassenwand beugte. Als Harry dies tat, entdeckte er einen schwärzlichen Kadaver, eingehüllt von einem zuckenden Fliegenschwarm. Ein junger Kojote hatte den Sprung über den Spalt gewagt, und seine Pfoten waren in der Ritze zwischen Gesims und Regenrinne eingeklemmt. Er starrte Harry aus erloschenen Augen an. Sein Körper wurde von Würmern zerfressen. Der Tod hatte eine ekelhaft klebrige, wimmelnde Masse geboren.

Harry wollte nach unten gehen, um Schaufel und Plastiktüte zu holen, aber noch bevor er einen Fuß auf die Stufe setzte, bemerkte er, dass Serge nach wie vor auf der Mauer saß, den Kopf auf das angewinkelte rechte Bein gebettet. Während all der Zeit, die Harry gebraucht hatte, um seine Terrasse zu zerlegen, schien Serge sich nicht vom Fleck gerührt zu haben. Die leblose Verkörperung eines Menschen, der lieber starb als sich zu verändern.

*

Harrys Gedanken kehrten zu Pete zurück. Er dachte an den Nachmittag, an dem er seinen besten Freund aufgegeben hatte. Sie waren bei *Walmart* gewesen, um Passfotos für ein russisches Visum zu besorgen. Es war Januar, aber im Supermarkt wurden schon massenweise Schokoladeneier und Osterhasen angeboten. Pete hatte sich bitter über diesen Vermarktungsschwachsinn mokiert, und als Harry ihn beschwichtigen wollte, hatte er aus Trotz eine ganze Tüte Schokoladeneier und einen Osterhasen mit dem Logo einer Spielzeugfirma gekauft.

Während sie durch die Archer Street zum Tourbus zurückgegangen waren, vorbei am National Constitution Center, an dessen Fassade ein riesiges Bruce-Springsteen-Plakat prangte, hatten Harry und Pete über Marketing und all die Lügen diskutiert, die die

Bevölkerungsmehrheit kritiklos hinnahm. In Petes Augen bewies die Bereitschaft der Menschen, sich durch Werbung und trügerische Ikonen manipulieren zu lassen, dass die meisten Leute unreflektiert, dumm und fantasielos waren. Und weil Fantasielosigkeit Petes Ansicht nach unweigerlich zu mangelndem Einfühlungsvermögen führte, kam er zu der Schlussfolgerung, dass die Mehrheit der Menschen grausam war. Pete hatte sich immer tiefer in seine zynische Rage verstiegen. Harrys Gegenargumente feuerten ihn nur noch mehr an. Seine Überzeugung, dass jeder Mensch eine Gabe oder einen Charakterzug besaß, der ihn liebenswert machte, hatte Pete als Schwachsinn abgetan. Pete hatte Harry vorgeworfen, die Augen zu verschließen. Die Realität durch einen Pseudo-Humanismus auszublenden, der dem Alltag nicht standhielt.

»Du magst die Menschen nicht!«, hatte Pete ihn angeblafft. »Wenn es nicht so wäre, dann wäre ich nicht der einzige Mensch, mit dem du dich unterhältst. Du tust nur so, als würdest du sie mögen, damit du sie besser ignorieren kannst.«

Diese Worte hatten Harry schwer getroffen. Er war einen Moment sprachlos gewesen, dann hatte er gepoltert: »Sei nicht so besserwisserisch und arrogant, Mann! Ein Zynismus wie deiner ist der Feind jeder Vollkommenheit! So darfst du nicht denken. Unterschätze nie dein Publikum!«

Pete hatte sich das nicht gefallen lassen. Er hatte heiser und hässlich gelacht und erwidert: »Scheiß drauf. Ja, du kennst dein Publikum. Du kennst seine Beschränkungen, seine Bedürfnisse, die Grenzen seiner Geduld. Und die hast du zu deinen eigenen Grenzen gemacht. Das ist der einzige Weg zum Erfolg, den du kennst.«

Bevor Harry etwas hatte erwidern können, hatte Pete den ganzen Oster-Krempel in einen Abfalleimer geworfen und war zum Tourbus gegangen. Gleich nach der Ankunft am nächsten Zielort würde er sich einen Schuss setzen. Das hatte Harry gewusst, und er hatte verzweifelt nach Worten gesucht, die Pete aus dieser düsteren Gemütslage hätten befreien können. Er hatte ihm begreiflich machen wollen, dass *Walmart*, Osterhasen und Bruce Springsteen keine guten Gründe dafür wären, den Selbstmord auf Raten fortzusetzen. Aber Harry hatte feststellen müssen, dass er Petes Einstellung nichts entgegenzusetzen hatte. Ihm waren die Argumente ausgegangen. Nichts, was er sagte oder tat, hatte Pete vom Weg der Selbstzerstörung abbringen können.

Auch Serge befand sich auf einem Weg der Zerstörung. Nur dass er dabei nicht sich selbst, sondern Monas Seele zerstört hatte. Was, wenn Harry Serge genauso wenig von diesem Weg abbringen konnte wie Pete all die Jahre zuvor? Während Harry die Treppe hinunterging, das Bild des verzweifelt dasitzenden Serge vor Augen, fragte er sich, ob es überhaupt möglich war, jemanden zu retten.

Harry kehrte mit Schaufel, Bürste und Müllbeutel auf die Terrasse zurück. Serge war inzwischen verschwunden. Als Harry den toten Kojoten in den Beutel hievte, dachte er daran, dass ihn manche Fans als ihren ganz persönlichen Erlöser betrachteten. Als jemanden, zu dem sie aufsahen, um angeleitet und inspiriert zu werden. Ob sie ihm wirklich zuhörten? Oder war das Licht am Ende ihres kleinen, kläglichen Tunnels gar nicht Harry, sondern vielmehr eine Projektion ihres eigenen Selbst?

Harry warf einen letzten Blick auf die verwüstete Terrasse, dann trug er den Sack die Treppe hinunter und warf den Kadaver in den Müll. Was, wenn er seinen Fans gar nicht half? Dann wäre er wenigstens die perfekte Projektionsfläche. Es bedeutete, dass er nicht die Verantwortung dafür trug, sie aus der Dunkelheit ins Licht zu führen. Außerdem bedeutete es, dass Pete aus eigener Kraft hätte Gründe zum Weiterleben finden müssen. Zum ersten Mal seit Petes Tod zog Harry die Möglichkeit in Betracht, dass er gegenüber seinem Freund nicht versagt hatte.

Jetzt, da Harry seine Aufgabe erfüllt hatte, das Dach vom Tod zu säubern, ging er ins Wohnzimmer. Er wusste sofort, welches Album er auflegen würde, eines seiner eigenen, »Explorations In A Place Like This«.

Darauf gab es ein Stück mit dem Titel »Special K« mit einem fast dreiminütigen Drumsolo von Pete. Und während Harry seinem ekstatisch aufspielenden Freund lauschte, wich der Dunst des Todes, der ihn umgeben hatte, der Erleichterung.

13

Die Musik hatte ihm geholfen, die Erinnerung an Pete und den Zwischenfall mit dem toten Kojoten zu verarbeiten, aber seine Gedanken waren immer noch nicht ganz klar. Er war sich unsicher, ob er Mona in dieser Verfassung aufsuchen sollte, doch er wollte unbedingt verhindern, dass sie unruhig wurde. Sie konnte ihn an den Rand der Verzweiflung bringen, ihn vor Wut rasen lassen, aber sie konnte auch dafür sorgen, dass er nie gekanntes Glück empfand. Die Chance, dass Harry ihren Raum mit einem besseren Gefühl als zuvor verließ, stand also Fünfzig zu Fünfzig. Das Auf und Ab ihrer Beziehung war für ihn schwer zu verkraften. Mona blieb ihm ein Rätsel. Und er konnte sie nicht einfach verlassen und abhaken wie frühere Freundinnen. Denn Mona saß in seinem Keller. Er konnte sich nur von ihr trennen, indem er sie tötete, denn wenn er sie freiließe, wäre das der Tod von Harry Cubs.

Verstörend war nicht nur, dass Monas Überleben von seinem Leben abhing, sondern dass sie gleichzeitig zum Dreh- und Angelpunkt seines Daseins geworden war. Es war den vollkommen unvorhersehbaren Launen einer Frau unterworfen. Er war mit ihr bis in den Tod verbunden. Als Monas Mörder würde er eine Schuld auf sich laden, an der er zerbrechen müsste. Ihr Tod wäre sein Tod.

Beim Eintippen des Codes bereitete sich Harry darauf

vor, dass er nach dem Eintreten mit Schmerz und Enttäuschung rechnen musste. Ja, er sollte wohl besser ehrlich mit sich sein und der Realität ins Gesicht sehen: Der Veränderungsprozess, den er für Mona vorgesehen hatte, war ins Stocken geraten. Ihre letzte Begegnung war zwar erfolgreich verlaufen, aber er wusste genau, dass er immer noch keinen Weg aus dem Labyrinth aus Rausch und Schmerz herausgefunden hatte, in dem er sich mit ihr verlaufen hatte.

Harry hielt kurz inne. Verdammt. Da war sie wieder. Die ungute Vorahnung. Er kannte sie nur zu gut. Die Furcht vor dem Horror. So hatte er sich mit fünf gefühlt, wenn er aus dem Auto seiner Mutter gestiegen war und den Vorgarten seines Vaters betreten hatte. Auf dem Weg zum Haus hatte er nicht wissen können, ob es einer jener Tage sein würde, an denen ihn sein Stiefbruder verschonte. Oder ob ihm wieder ein Ausflug in das Land der Albträume drohte. Harry hatte seither mit aller Kraft darum gekämpft, jegliche Unvorhersehbarkeiten aus seinem Leben zu verbannen. Doch jetzt kehrten sie mit Gewalt zurück. Und er wusste nicht, was er dagegen tun sollte.

Harrys Sorgen verschwanden – für einen Moment –, als Mona ihn erfreulich ausgeglichen begrüßte. Sie hatte ihre Haare gebürstet und zum Pferdeschwanz gebunden wie damals, als er ihr bei *Whole Foods* begegnet war. Wie lange war das her?

Tage und Nächte hatten sich seitdem unaufhörlich aneinandergereiht. Es kam ihm vor wie ein ganzes Leben. Ihr Gesicht wirkte frisch, sie schien sich gewaschen zu haben. Außerdem trug sie sein Blue-Note-T-Shirt, was Harry aus unerklärlichen Gründen mit Stolz erfüllte.

Nachdem sie ihre Freude über das mitgebrachte Essen geäußert hatte, setzte sie sich auf den Fußboden und lehnte den Rücken gegen die Wand.

»Darf ich dich etwas fragen?« Schon wieder dieser Satz.

Harry schärfte sich ein, ihr beim nächsten Mal mit einer Frage zuvorzukommen. Trotzdem antwortete er: »Klar!«

»Deine Tätowierungen ... Mich fasziniert das Haupt der Medusa.«

»Ja und?« Harry witterte eine ermüdende Diskussion über Symbolik.

»Ich finde nicht, dass meine Tätowierungen besonders interessant sind«, sagte er, um Mona abzuwürgen, und fügte hinzu: »Sie sind fast dreißig Jahre alt. Inzwischen nehme ich sie gar nicht mehr wahr.«

Mona ging nicht darauf ein. »Sie sind aber immer noch ein Teil von dir!«, beharrte sie. »Du kannst sie nicht ausziehen wie einen Mantel. Oder würdest du das gern tun?«

Nein, Harry hatte die Tätowierungen nie bereut. Sie waren ein Teil dessen, was die Leute mit Harry

Cubs verbanden, sie waren seine Leitplanken, die den Wahnsinn auf Abstand hielten.

»Nein, ich würde auf keine einzige verzichten wollen. Denn sie stehen in gewisser Weise für meine Jugend.«

Durch seine Tätowierungen hatte er die Zukunft, die seine Eltern für ihn bestimmt hatten, neu geschrieben. Sie waren zu auffällig, um sie zu verbergen, vor allem die auf den Innenseiten der Handgelenke und auf dem Nacken. Sie hatten dafür gesorgt, dass Harry niemals ein angepasstes Leben führen würde, sondern »der Mann im Scheinwerferlicht« geworden war. Mit diesen Tätowierungen hatte er sich selbst erfunden.

Harry versuchte, das Thema zu wechseln. Er wollte über Mona sprechen, nicht über sich. Über das, was, abgesehen von ihrer Rolle als Serges Ehefrau, von ihrer Identität übrig war. Aber ihm fehlte die Kraft. Er war müde. Todmüde. So müde, dass er Mona nicht davon abhalten konnte, das Gespräch in eine Richtung zu lenken, die ihm nicht passte.

Mona wollte mehr über die Tätowierung wissen, weil sie das Medusenhaupt für eines der faszinierendsten Symbole der griechischen Mythologie hielt. »Denn jeder, der es anschaut, erstarrt vor Entsetzen zu Stein.«

Harry wollte nicht, dass das Gespräch ins Stocken geriet, aber er fühlte sich so schwer, dass er kaum noch stehen konnte. Er lehnte wie immer mit dem Rücken an der Wand, den Revolver in der Hand. Doch die Schwerkraft zerrte auf einmal so an ihm, dass seine Knie weich wurden und seine Waffe das Gewicht einer Fünfundzwanzig-Kilo-Hantel zu haben schien. Er hätte sich am liebsten auf den Fußboden rutschen lassen, die Waffe neben sich gelegt und wie Mona die Arme um die Knie geschlungen. Vielleicht eine Weile die Augen entspannt, ihr Miteinander einfach nur genossen. Stattdessen setzte er sich auf den kleinen Kühlschrank und legte die Magnum in seinen Schoß. Mona hatte weiterhin über Medusa geredet, die, wie sie fand, eine großartige Metapher für Traumata war, weil man diese ebenso wenig direkt, sondern nur gespiegelt erkennen konnte.

»Wie Kunst! Und Musik! Man kann ein Trauma auf die gleiche Weise bewältigen, wie man die Medusa tötet! Geht man direkt auf eines los, wird man zu Stein! Und wenn man aus Stein ist, fühlt man sich vielleicht stärker und unverwundbar, aber man ist nicht mehr lebendig. Dann könnte man ebenso gut tot sein«, sagte Mona und schenkte Harry einen Blick, in dem große Dringlichkeit lag.

Was war das für eine gequirlte Scheiße? Harry erinnerte sich an den Gestank des toten Kojoten: penetrant, verstörend. Er wollte, dass es aufhörte. Mona versuchte gerade, ihm die eigenen Tätowierungen zu vergällen. Harry war geradewegs in einen Hinterhalt geraten.

»Was soll das Gerede? Erzählst du mir diesen Stuss, weil ich dir die Schlange gezeigt habe? Hast du etwa ein Schlangentrauma?«, fragte Harry, der gar nicht erst versuchte, seinen Sarkasmus zu verbergen.

Doch Mona überhörte seine Worte. Sie hielt an ihrem Thema fest. »Gut möglich. Vermutlich könnte jeder Psychoanalytiker etwas zu meiner Angst vor Schlangen sagen.«

Was für ein absurder Quatsch. Was sollte das? War das etwa die beschissene Oprah-Winfrey-Show? Ja, verdammt, was Harry für undenkbar gehalten hatte, schien jetzt eingetreten zu sein: Mona langweilte ihn.

»Klar, das könnte sicher jeder ... zu deiner Angst vor Schlangen und zu deiner Heirat mit einem Typen, der dein Vater sein könnte.«

Harry hatte es ausgesprochen. Er hatte das heiße Eisen ohne Umschweife angepackt. Und es war ihm scheißegal. Die Wahrheit stank inzwischen genauso zum Himmel wie der Kojote auf dem Dach. Zur Hölle damit. Und warum jetzt aufhören?

»Ein Typ, der dafür sorgt, dass du immer das kleine Mädchen bleibst. Der sicherstellt, dass du nie erwachsen werden musst! Und im Gegenzug musst du ihm nur das Gefühl geben, dass er noch nicht im Sterben liegt ... Dann könnt ihr beide in eurem vergifteten Neverland weitervegetieren, wo er sich einbilden darf, kein wandelnder Toter zu sein – kein Zombie, der schon lange vor deiner Geburt am eigenen Ego erstickt ist!«

Stille. Harrys Wutausbruch hing als dunkle Wolke in der Luft. Mona reagierte nicht. Sie blieb sitzen und zog mit dem Zeigefinger ein Muster auf dem Teppich nach, den Harry ihr mitgebracht hatte. Mit einer eleganten Bewegung hob sie die linke Hand und löste das Band, das ihren Pferdeschwanz hielt. Ihr Haar fiel in Wellen über ihre Schultern. Schließlich schaute sie auf, sah ihn neugierig an, als wollte sie herausfinden, warum er sie so heftig angegriffen hatte. Harry bereute seine Worte nicht. Ganz im Gegenteil. Es war höchste Zeit für die Wahrheit. Es machte keinen Sinn, um den Tod herumzuschleichen. Als Mona leise erwiderte:

»Du hast wirklich viel gewagt, um mich hier einzusperren. Mir ist durchaus klar, dass du um meinetwillen deine ganze Existenz aufs Spiel gesetzt hast. Nicht, dass dies eine einfache Erfahrung für mich wäre, aber eine Ehre ist es trotzdem.«

Harry räusperte sich. Was war hier los? Er hatte auf einmal das Titelstück von Coltranes »Transition«-Album im Ohr. Wollte Mona ihn manipulieren? Oder war sie tatsächlich dabei, sich zu verändern? Ließ sie endlich zu, dass er sie aus der Finsternis führte? Die Musik in seinem Kopf dröhnte.

Monas Stimme hatte nichts Falsches. Sie schien ihre Worte ernst gemeint zu haben. Man konnte in ihrem Gesicht all die Gefühle lesen, die sie in Worte zu fassen versuchte.

»Danke«, sagte Harry, ohne die Aggressivität ganz aus seiner Stimme verbannen zu können. »Das bedeutet mir sehr viel.« Er schöpfte wieder Hoffnung. Und zugleich wuchs die Furcht, dass eben diese Hoffnung erneut vernichtet werden könnte.

Mona sah jetzt aus großen Augen zu ihm auf. Sie streichelte ihre nackten Beine. »Du meinst also, dass Serge und ich in einer vergifteten Welt gefangen sind, in der er nicht alt und ich nicht erwachsen werden will ... Als wollten wir die Zeit anhalten.«

Harry nickte. Er begann zu schwitzen. Seine Hände wurden feucht, der Griff um die Magnum lockerte sich. Worauf wollte Mona hinaus? Wie konnte er ihr den Mund verbieten?

Sie fuhr fort: »Und in welcher Welt bist du gefangen? Du lebst in einem Jazz-Mausoleum!«

Harry versuchte, sich nicht provozieren zu lassen. Er würde cool bleiben. Cool und gelassen. Harry Cubs war ein cooler Typ. Und er erwiderte: »Ich denke, dass sich in meinem Haus meine Liebe zum Jazz ausdrückt. Ich versuche, einige sehr seltene und schöne Dinge für die Zukunft zu bewahren.«

»Soll das ein Witz sein, Harry? Glaubst du wirklich, die Platten und Plakate sicher aufbewahren zu können, indem du sie wegsperrst? Nein, du erstickst sie! Jazz dreht sich um Rhythmus, um Leben, um Sex! Aber dieses Haus ist eine Kathedrale des erotischen Elends!«

Monas Stimme klang schrill. In seinen Schläfen pochte das Blut. Die Venen an seinem Hals zuckten wie wütende Tiere. Was für eine beschissene Nutte. Er konnte kaum fassen, was als nächstes aus ihm herausbrach: »Was wirfst du mir vor? Dass ich dich nicht ficke? Kniest du auf dem Boden und glotzt mich so kuhäugig an, weil du mir einen blasen willst? Willst du mir die Hose runterziehen, um mich bei den Eiern zu packen?«

Mona kam auf die Beine. Mit gerötetem Gesicht und ausgebreiteten Armen. »Besser so? Willst du das in Wahrheit von mir? Soll ich dir einen blasen? Aber nein, nicht der heilige Harry! Der heilige Harry will mich erlösen! Mich in den Engel verwandeln, der ich in seinen Augen eigentlich bin!«

Harry fühlte sich entlarvt. Das Gift brodelte in seinen Adern. Mona war ihm jetzt so nahe, dass er ihr Haar riechen konnte. Er sah, wie sich der Schweiß auf ihrem Schlüsselbein sammelte. Ja, verflucht, er konnte sogar riechen, dass sie feucht war. Und er hatte nur einen Wunsch: sie umzudrehen, gegen die Wand zu drücken und von hinten zu nehmen. Er stellte sich vor, ihre Shorts runterzureißen, das Blue-Note-T-Shirt hochzuschieben, die Haut oberhalb ihrer Vulva zu berühren, ihre kleinen Brüste zu packen. Diese Fantasie war so eindringlich, dass er sein Begehren nicht mehr unterdrücken konnte.

Als Mona noch näher kam und nach seinem Reißverschluss griff, war er machtlos. Dass er die Magnum auf sie gerichtet hielt, schien sie nicht zu stören. Im Gegenteil. Nachdem sie vor ihm auf die Knie gesunken war und beide Hände um seinen pochenden Schwanz gelegt hatte, reckte sie den Kopf und nahm den Lauf der Magnum in den Mund. Und erst, als Harry aufstöhnte und unter ihren Händen dem Höhepunkt entgegenzuckte, löste sie die Lippen von der Waffe und schloss sie um seinen Schwanz. Es dauerte keine zwei Sekunden.

Harry schloss hastig die Hose und verließ den Raum, ohne Mona anzuschauen. In einem verzweifelten Versuch, sich zu beruhigen, ging er ins Wohnzimmer, legte das Album »John Coltrane Quintet With Eric Dolphy« auf und lauschte »Mr. PC«. Doch er fand keine Erleichterung. Scham und Wut wechselten sich ab. Bilder rasten durch seinen Kopf. Er hatte noch längst nicht genug. Er wäre am liebsten sofort zurückgekehrt, um Mona zu nehmen. Immer wieder. Ganz und gar.

Fantasien plagten ihn – solche, die er sich nie zugetraut hatte. Er wusste nicht, wie er sie abschütteln sollte. Wie konnte er verhindern, in einen Strudel der vollständigen Vernichtung gesogen zu werden? Harry suchte nach einer Lösung, aber seine Gedanken waren so fahrig wie die Hände eines Einbrechers, der ein finsteres Schlafzimmer hastig nach Schmuck absuchte. Er dachte an Sally, was ihn ein wenig ablenkte. Wie lange war sie nun eigentlich schon fort?

Obwohl er seine Selbstbeherrschung zurückgewonnen hatte, war es sinnlos, zu Bett zu gehen. Harry wusste, dass er keinen Schlaf finden würde. Er hatte sein Verlangen bändigen können, aber die Scham hatte ihn nach wie vor fest im Griff. Er riss sich vom Sofa los, sprang in sein Auto und fuhr los. Er musste auf andere Gedanken kommen.

Nachdem er eine gute Stunde gefahren war, hielt er im San Fernando Valley vor einem *Starbucks*. Abgesehen von ein paar Typen mit Laptops auf den Knien war der Laden mit seinen pseudo-kuscheligen Möbeln und fluoreszierenden Lichtern leer. Der Kaffeeduft, der ihm entgegenschlug, streichelte seine Sinne. Endlich konnte er aufatmen. Nachdem er lange die Standard-Wandgemälde von *Starbucks* angestarrt hatte – er bemerkte zum ersten Mal die Freimaurersymbole darauf, etwa die Pyramide mit dem Auge auf der Spitze –, hatte er sich so weit gesammelt, dass er glaubte, heimfahren zu können. Es war geschehen. Er konnte es nicht rückgängig machen. Immerhin hatte Mona die Initiative ergriffen. Ja, er hatte Schwäche gezeigt, aber das bedeutete nicht, dass er seine Stärke verloren hatte. Außerdem drängte sich der Gedanken auf, dass die Intimität jenes Moments zu einer innigen, tief empfundenen Gemeinsamkeit führen konnte.

Was, wenn dies nur der Anfang gewesen war? Was, wenn Mona sich dazu entschließen würde, bei ihm zu bleiben? Sie müsste es nur wollen, und er würde das, was sie eine »Kathedrale erotischen Elends« nannte, frohen Herzens verlassen. Für ein Leben mit Mona an seiner Seite würde er alles aufgeben. In gewisser Weise, das wurde ihm jetzt bewusst, hatte er das längst getan. Was, wenn sie seine Liebe erwiderte? Wenn sie gemeinsam nach Japan gingen, würde Harry mit seinen Auftritten in Bars gut für sie beide sorgen können. Mona würde japanische Kunst studieren oder Kabuki oder was auch immer ihr Interesse weckte. Das wäre für beide ein Neuanfang. Die Chance, sich selbst zu retten.

*

Als Harry wieder auf seinen Hof fuhr, ließ sich das Tor nicht schließen. Er dachte an die Batterie der Fernbedienung, und er ging ins Haus und ersetzte sie durch eine neue, aber es tat sich immer noch nichts. Er konnte das Tor nicht zudrücken, egal wie sehr er sich bemühte. Die weit offen stehenden Flügel erinnerten ihn an die gespreizten Beine eines dummen, betrunkenen Mädchens. Wie konnte das sein? Warum war er plötzlich so hilflos?

Harry geriet in Panik. Während er zwischen Haus und Tor hin und her rannte und prüfte, ob vielleicht eine Sicherung durchgebrannt war, fühlte er, wie er zu hyperventilieren begann. Er war ungeschützt und allen Gefahren ausgeliefert, die sich in der Dunkelheit des Canyons verbargen. Cracksüchtige, die einem das Messer in den Bauch stießen, Perverse, die einen folterten, vergewaltigten, zerstückelten. Harry trug jetzt nicht mehr nur Sorge für sich selbst, sondern auch für Mona. Es reichte nicht, die Außenbeleuchtung einzuschalten. Das Licht würde niemanden abschrecken, der aus der Finsternis zum Haus schlich. Seine Verzweiflung drohte ihn zu überwältigen, als ihm die letzte *Elysium*-Kampagne in den Sinn kam. Der Werbespruch für das Allrad-Modell namens »Beam«, den er für die Aufzeichnung endlos oft hatte wiederholen müssen: »Sicherheit durch dynamisches Licht«. Und er wusste plötzlich, was er zu tun hatte. Er würde den Mercedes so in die Einfahrt stellen, dass die Scheinwerfer auf die Straße gerichtet waren. Wenn der Motor lief und das Abblendlicht die Nacht durchschnitt, würde es aussehen, als wäre man auf dem Sprung. Nicht mal ein Methadon-Junkie mit giftigen Kristallen anstelle von Gehirnzellen würde es wagen, in das Haus einzudringen.

Inzwischen war es nach halb zwei Uhr früh. Der Tank war fast voll. Der Motor würde bis Sonnenaufgang laufen. Nachdem Harry das Auto so geparkt hatte, dass es in der Einfahrt stand wie ein fauchender Drache mit gleißenden Augen, bereitete er sich mit ein paar Kopfkissen, zwei Decken und seiner Magnum im Flur seines Hauses ein Lager.

In dieser Nacht träumte Harry von Mona. Jeder von ihnen bewohnte eine riesige Villa, beide Häuser standen dicht nebeneinander. Auf einmal klopfte Mona aufgeregt an seine Tür und zeigte auf eine schwarze Rauchwolke, die aus einem Fenster ihres Hauses quoll.

»Ich habe es in Brand gesteckt!«, rief sie lachend.

»Jetzt musst du dein Haus anzünden, dann hauen wir ab!«

Harry fürchtete sich, aber Mona half ihm, überall Benzin zu verschütten. Sie feuerte ihn lachend an und klatschte dabei in die Hände. Schließlich riss er ein Streichholz an und warf es auf den Fußboden. Nach einigen Sekunden brannte das Haus lichterloh. Er konnte das Heulen der anrückenden Löschfahrzeuge hören. Mona ergriff seine Hand. »Los, komm – ich weiß, wie wir von hier verschwinden können!«

Sie rannten in den Garten, kletterten über eine Mauer, und weg waren sie. Sie flohen über eine Straße, die Harry nicht kannte. Er warf einen letzten Blick über die Schulter. Die aus ihren Häusern zuckenden Flammen waren miteinander verschmolzen, und sie verwandelten den Himmel in ein rotes Inferno.

14

Harry war gehemmt, als er am nächsten Morgen Monas Raum betrat. Er musste sie noch vor der Ankunft des Technikers sehen, der das Tor reparieren sollte. Ihr Verhältnis war nicht mehr dasselbe, so viel stand fest, und Harry wollte ihr versichern, dass alles in bester Ordnung und vollkommen unproblematisch für ihn sei. Aus diesem Grund verzichtete er zum ersten Mal darauf, die Magnum mitzunehmen. Die Waffe war überflüssig geworden. Mona hatte ihm deutlich vor Augen geführt, dass sie keine Angst davor hatte.

»Tja ... ich frage mich ...«, begann Harry. Der Traum der letzten Nacht wirkte immer noch nach. Er ging wie auf Wolken, denn seine Liebe zu Mona wurde durch die Fantasie eines gemeinsamen Lebens noch weiter beflügelt. Einer Fantasie, die durch Monas Lächeln in die Nähe der Realität zu rücken schien. Mona sprach ihn nicht auf die Waffe an. Aber der Ausdruck in ihrem Gesicht, gütig und strahlend, sagte alles. Harry fuhr fort: »Hättest du Lust, einen Blick auf meine Schlangen nebenan zu werfen? Ich will dich nicht drängen, aber es wäre ein interessantes Experiment – wir könnten herausfinden, ob du dich immer noch fürchtest. Du ahnst nicht, wie viel sie mir bedeuten. Viel mehr als jeder Mensch ... Nun, ja ... jedenfalls ... bevor ich dir begegnet bin.«

Harry war nervös, als er diese Liebeserklärung aussprach. Aber Mona reagierte mit derselben Anmut, die ihn von Anfang verzaubert hatte.

»Das wäre wunderbar«, sagte sie lächelnd. »Das wäre eine große Ehre für mich.«

Harry zeigte ihr zuerst Larry, die Python. Bei ihrem Anblick rief Mona: »Wie Laokoon!« Harry hatte keine Ahnung, wen sie meinte, war aber hocherfreut, weil sie Larry ohne jedes Zögern berührte.

Sie gingen von Schlange zu Schlange. Harry gab Mona ein paar aufgetaute Mäuse, die sie den Schlangen zum Fraß vorwarf. Sie achtete allerdings darauf, den lebhafteren und schnelleren Reptilien nicht zu nahe zu kommen. Sie bewunderte ihre Farben und lobte ihre elegante Art, sich zu bewegen. Harry war glücklich. Vielleicht würde sie ihm – wenn sie tatsächlich gemeinsam nach Japan gingen – erlauben, in ihrem neuen Haus ein oder zwei Schlangen zu halten.

Die Schwarze Mamba hatte Harry für den Schluss aufgehoben. Diese Schlange wirkt auf Laien nicht besonders spektakulär, und sein Exemplar war zudem sehr klein. Trotzdem sah Harry in ihr seinen kostbarsten Besitz, denn erstens war ihr Biss tödlich, und zweitens war es verboten, eine Schwarze Mamba zu halten. Die Schwarze Mamba war sein größtes Geheimnis. Heute würde er es mit Mona teilen und so das letzte Hindernis zwischen ihnen aus dem Weg räumen.

Harry zog den Behälter heraus und hockte sich

davor, Mona an seiner Seite. Sie hielt den Atem an, während er erklärte, warum die Schwarze Mamba so besonders war.

»Du hältst sie, obwohl sie so tödlich ist?«, fragte sie erstaunt.

»Je gefährlicher, desto schöner, schätze ich mal. Und wenn ich sie in die Hand nehme und betrachte, beweise ich mir, dass ich keine Angst vor dem Tod habe. Das erleichtert mir das Leben.«

Mona sah zu ihm auf. Ein Anflug von Angst zeigte sich auf ihrem Gesicht. Die Schwarze Mamba schien ihre Nerven auf die Probe zu stellen. Nach einer Weile sagte sie: »Vermutlich rasen Leute aus dem gleichen Grund auf Motorrädern durch die Gegend oder riskieren auf andere Art ihr Leben. Ich kann das nicht begreifen. Das Leben ist so kurz, und der Tod lauert überall. Ich wünschte, ich könnte das ab und zu vergessen, aber es gelingt mir nicht.« Mona flüsterte beinahe.

Harry fand es erstaunlich, dass Mona sich des Todes so bewusst war, wagte aber nicht, sie nach dem Grund zu fragen, weil er befürchtete, die Sprache dadurch wieder auf Serge zu bringen. Trotzdem machten ihre Worte ihn traurig.

»Ja, deshalb bist du so besonders«, sagte er. »Du bist eigentlich alt und weise. Du musst nicht erst aufgerüttelt werden. Aber weißt du, wenn man die Schwarze Mamba liebt, dann heißt das, dass man auch den Tod liebt. Mit allen Möglichkeiten, die er den Lebenden bietet. Der Tod ist ein Weckruf – er fordert uns auf, das Leben zu lieben. Das habe ich aus dem Tod meines Freundes Pete gelernt.«

Ein solches Gespräch hatte Harry nicht mehr geführt, seit Pete gestorben war. Über den Tod hatte er sich immer nur mit Pete unterhalten. Wie auch über das Leben. In ihren Diskussionen war Pete stets der Advokat des Todes, Harry der des Lebens gewesen. Die Maxime, dass man den Tod ebenso lieben müsse wie das Leben, stammte vermutlich von Pete. Und da Harry nach dessen Tod auf sich allein gestellt war, musste er Mona gegenüber beide Positionen vertreten. Er vermisste Pete mehr denn je. Trotzdem war es eine große Erleichterung für Harry, endlich wieder reden zu können. Verstanden zu werden. Jemandem gegenüber zu sitzen, der ihm ernsthaft zuhörte. Jemandem, der Harry zuhörte und nicht Harry Cubs.

»Liebst du das Leben tatsächlich tief und aufrichtig, Harry?«

Mona wirkte auf einmal sehr ernst. Harry, der sie inzwischen besser zu kennen glaubte, begriff, dass sie ihn mit dieser Frage nicht provozieren wollte. Und er antwortete: »Ich liebe die Musik. Ich liebe den Jazz. Das ist für mich die Essenz des Lebens. Aber das Leben an sich, tja, seit ich dich kenne, gefällt es mir jedenfalls viel besser.«

Ein Lächeln breitete sich auf Monas Gesicht aus. Sie erwiderte:»Weißt du was? Ich habe eine Idee. Hast du hier unten jemals Saxophon gespielt?«

Harry schüttelte lächelnd den Kopf. Wollte sie etwa, dass er den Schlangenbeschwörer spielte? Warum nicht ... Er hatte im Laufe seines Lebens genug Menschen verzaubert. Spannend zu erfahren, ob er auch Macht über Schlangen besaß.

»Das wäre doch großartig!«, rief Mona aufgeregt. »Wie in einem Märchen. Wie in ›Tausendundeine Nacht‹! Außerdem habe ich dich noch nie spielen hören!«

Harry lachte. Er war so glücklich, dass er Mona am liebsten an sich gedrückt hätte.

»Coole Idee. Na, gut. Du bekommst dein erstes Live-Konzert, einen privaten Auftritt von Harry Cubs in seiner geheimen Grotte. Keine Ahnung, warum ich nie daran gedacht habe, hier unten Saxophon zu spielen! Ist die perfekte Verbindung zwischen den beiden Dingen, die ich am meisten liebe!«

Harry verschloss die Tür zum Schlangenraum hinter sich, bevor er hinaufging, um das Saxophon zu holen. Es war nur ein primitives Schloss. Ein Test.

Bei seiner Rückkehr wirkte alles unverändert. Die Tür zum Schlangenzimmer war immer noch verschlossen. Das freute ihn, war es doch ein Beweis dafür, dass sie eine neue Ebene des Vertrauens erreicht hatten. Er war seinem Traum, in dem sie ihre Häuser in Brand gesteckt und ein neues, gemeinsames Leben begonnen hatten, wieder einen Schritt näher gekommen.

Harry schloss die Tür auf und trat ein. Mona stand dicht vor dem Eingang, mit dem Rücken zu ihm.

»Da bin ich – «

Mona fuhr herum, die Schwarze Mamba in der Hand. Sie hatte die Schlange am Nacken gepackt und stieß sie in seine Richtung. Die Mamba schlug ihre Zähne in Harrys linken Oberarm. Schmerz schoss durch seinen Körper. Pochend. Kreischend. Laut. Unermesslich.

Er ließ das Saxophon fallen und sank auf die Knie. Mona schleuderte die Mamba weit von sich in den Raum und stieß Harry beiseite. Er erhaschte einen letzten Blick auf ihr Gesicht. In ihren Augen lag eine zornige Entschlossenheit, die ihn an jemanden erinnerte – an eine Frau, die er gut gekannt und doch vollkommen vergessen hatte.

Mona stürzte ins Archiv, das er nicht versperrt hatte. Die Schwarze Mamba, wütend und mordlustig, glitt auf ihn zu. Seine Gedanken rasten. Das Tor zu seinem Anwesen stand noch immer offen. Die Mamba würde in den Canyon entkommen. Er wuchtete sich hoch und warf sich gegen die Tür. Sie fiel zu, bevor die Schlange entwischen konnte. Harry sackte in sich zusammen. Niemand würde zu Schaden kommen. Alle waren sicher.

Er tastete nach dem Saxophon, während sich die Schwarze Mamba um seine Füße schlängelte. Das Nervengift war bereits in seinen Blutkreislauf eingedrungen. Harry spürte erste Anzeichen der Lähmung. Aus weiter Ferne drang das Heulen von Martinshörnern an seine Ohren. Nicht mehr lange, dann würde das Gift seine Atemwege erreichen. Er wusste, was zu tun war. Er setzte das Saxophon an, wollte spielen. Aber es war zu spät. Seine Gesichtsmuskeln waren erstarrt. Harry sank zurück, das Saxophon glitt ihm aus den Händen und fiel scheppernd zu Boden. Für einen kurzen Moment sah er Pete an den Drums, danach Nay am Klavier. Er dankte ihnen stumm für die Musik. Und als es dunkel wurde, hörte Harry Cubs die ersten Takte von »The American Dream«.

Epilog

Keine Ahnung, wie das ist, wenn man stirbt. Wie auch? Ich weiß nicht, wie sich das anfühlt. Niemand weiß das. Aber eines steht fest: Der Tag, an dem ich sagen muss: »Das war's!«, wird kommen. Und das wird das Ende all meiner Kämpfe sein, all meiner Erinnerungen, all meiner ... Liebe.

Ich vermute, dass es so sein wird wie vor der Geburt: das Nichts. Null Bewusstsein. Vielleicht hört ihr dann immer noch meine Musik, vielleicht erzählt ihr Gutes über mich, vielleicht auch weniger Gutes. Ich werde das nicht mehr miterleben. Weil ich dann nicht mehr bin. Eine ziemlich befreiende Vorstellung, wenn man genauer darüber nachdenkt.

Kann auch sein, dass nach dem Tod das große Unbekannte auf uns wartet, der letzte weiße Fleck auf der Landkarte, das größte aller Abenteuer, aber eines ist sicher: Wenn man im Sterben liegt, will man während seiner letzten bewussten Momente ganz bestimmt nicht das Gefühl haben, zu einem Leben gezwungen worden zu sein, das man gar nicht führen wollte.

Man will nicht das Gefühl haben, dass alles nur verlorene Zeit war, weil man aus Angst seine Liebe verdrängt hat – zu wem auch immer – oder davor zurückgeschreckt ist, für das einzustehen, woran man geglaubt hat. Nein, ich will sagen können »Wenigstens auf der richtigen Seite!« Bei aller Liebe zum Leben den Tod verachtend – als Mensch für das Gute im Menschen, im Dienst für die Sache – so will ich gelebt haben.

Ich habe nur eine Hoffnung, einen Wunsch, was den Augenblick betrifft, in dem mein chaotisches und oft ziemlich lächerliches Dasein endet – was also den Moment betrifft, wenn der letzte Vorhang fällt und mein Bewusstsein für immer erlischt, so hoffe ich, dass alle entscheidenden Augenblicke meines Lebens noch einmal an meinem inneren Auge vorbeiziehen. Dass ich alles, was in meinem Leben von Bedeutung war, wie in einem Film sehe. Und dass ich mir dadurch meiner wahren Lebensgeschichte bewusst werde – nicht jener, die ich mir selbst zurechtgelegt habe, und auch nicht jener, die andere mir angedichtet haben.

Ja, ich hoffe auf einen letzten Moment der Klarheit, in dem alles einen Sinn ergibt, einen Moment, der mir vor Augen führt, worum es tatsächlich ging. Das ist mein einziger Wunsch, und ich wäre wirklich angepisst, wenn er sich nicht erfüllen würde.

Ihr wart ein großartiges Publikum. Danke fürs Zuhören. Passt auf euch auf.

Danke

Michael Haneke, Lena & Werner Herzog, Sven Helbig, Anthony James, DBC Pierre, Andras Hamori, Claudia Solti, Hadley Hudson, Karin Graf, John Dunton-Downer, Thomas Girst, Sangeeta Mehta, Bärbel Brands, Nikolai Galitzine, Chris Sheehan, Markus Kühn, Marie Steinmann, Tom Tykwer, Herman Weigl.
Vor allem aber Bernd.

Das Zitat auf Seite 114 stammt aus:

Ted Hughes, *Tales from Ovid:*
Twenty-four Passages from the Metamorphosis,
© Faber & Faber, London 1999,

und wurde übersetzt von Henning Ahrens.

1. Auflage
ISBN 978-3-8493-0336-5
© Metrolit Verlag GmbH & Co. KG, Berlin 2014
Einbandgestaltung: studio grau, Berlin
Innengestaltung und Satz: Harald Hohberger, Berlin
Gesetzt aus Walbaum
Druck und Bindung: CPI – Ebner und Spiegel, Ulm
Printed in Germany

www.metrolit.de

»Eine Entdeckung der Sonderklasse!«

– *ZDF, Das blaue Sofa*

Inhalt
Zwei Lolitas auf dem Rücksitz, die eine voller sexueller Neugier, die andere heimlich schwanger. Am Steuer: die religiösfundamentalistischen Eltern auf ihrem Weg nach Kalifornien – dem Weltuntergang entgegen. Ein Buch von literarischer Wucht mit einem Plot, den sich die Coen-Brüder nicht besser hätten ausdenken können.

Autor
Mary Millers literarische Erzählungen sind vielfach ausgezeichnet worden. Sie wird als »the next big thing« gehandelt. Bisher erschien *Big World* (Stories). *Süßer König Jesus* ist ihr erster Roman und zugleich die erste Übersetzung ins Deutsche.

Mary Miller – *Süßer König Jesus* – Roman
Aus dem Amerikanischen von Alissa Walser
288 Seiten, 19,99 EUR (D) / 20,60 EUR (A)
ISBN 978-3-8493-0311-2

»*Pussy* ist ein hypnotisierender und wichtiger Roman. Aufregend, erhellend und wirklich heiß.«

– *Globe and Mail, Sheila Heti*

Inhalt
Während eines Familienurlaubs in Key West lernt die sechzehnjährige Myra Elijah kennen. Elijah ist schwarz, doppelt so alt und übt eine ungekannte sexuelle Anziehungskraft auf sie aus. Myra sehnt sich danach, ihre Unschuld an ihn zu verlieren und lässt sich auf ein Spiel ein, dessen Regeln sie nicht kennt.

Autor
Tamara Faith Berger ist in Toronto geboren und verdiente ihren Lebensunterhalt mit pornografischen Erzählungen. Ihr erster Roman *Lie with Me* wurde 2004 verfilmt. *Pussy*, ihr dritter Roman, erschien 2012 unter großer Presseaufmerksamkeit und wurde mit dem *Believer Book Award* ausgezeichnet.

Tamara Faith Berger – *Pussy* – Roman
Aus dem kanadischen Englisch
von Kirsten Riesselmann
224 Seiten, 15,00 EURO (D) / 15,50 (A)
ISBN 978-3-8493-0346-4

»Einer der komischsten, unbarmherzigsten und intelligentesten Romane des Frühjahrs.«
– *Welt am Sonntag*

Inhalt
In *Die Murau Identität* macht sich der abgehalfterte Journalist Alexander Schimmelbusch auf die Suche nach Thomas Bernhard, der seinen Tod nur inszeniert hat. Ausgestattet mit den versiegelten Protokollen des Verlegers, der Bernhard half, sein Verschwinden zu planen, findet Schimmelbusch schließlich einen eleganten alten Mann, der alles, was ihm jemals bedeutsam war, der Auslöschung preisgegeben hat.

Autor
Alexander Schimmelbusch, Österreicher, wuchs in Frankfurt a. M. und in New York auf und studierte an der *Georgetown University* in Washington. Sein Roman *Blut im Wasser* wurde mit dem Preis der Hotlist ausgezeichnet. Er lebt in Berlin.

Alexander Schimmelbusch –
Die Murau Identität – Roman
208 Seiten, 18,00 Euro (D) / 18,50 Euro (A)
ISBN 978-3-8493-0338-9